02883

TEN SHILLING
10/

INTERNATIONAL PATROL
PATROUILLE INTERNATIONALE
СОЮЗНЫЙ ПАТ

ZENTRALERNÄHRUNGSAMT WIEN

10. Februar bis 9. März 1946

Lebensmittelkarte

11 für Normalverbraucher (über 18 Jahre) **A**

Vorge
Tages

Fleisch . . . .
Fett . . . . .
Hülsenfrü
Zucker . . .

Name: . . . .

Wohnung: . . . .

Achtung: Lose, nicht am Kartenstamm hangede Abschnitte sind ungültig
von Kleinhandel nicht angenommen werden.
Die Abschnitte der Lebensmittelkarte werden zum Warenbezug erst nach Auf
Für verlorene Lebensmittelkarten wird kein Ersatz geleistet

ЗА
...

CONTROLE

WIEN 76

T

Mademoiselle Georg...

Magistrat der Stadt Wien
Abteilung Kohle

Brennstoffkarte
für Raumheizung
für das Wirtschaftsjahr 1946

Verbraucher . . . .

D FORCES
10
UCHER
LED ON THE REVERSE
396978
INGS
10

EL TERCER HOMBRE

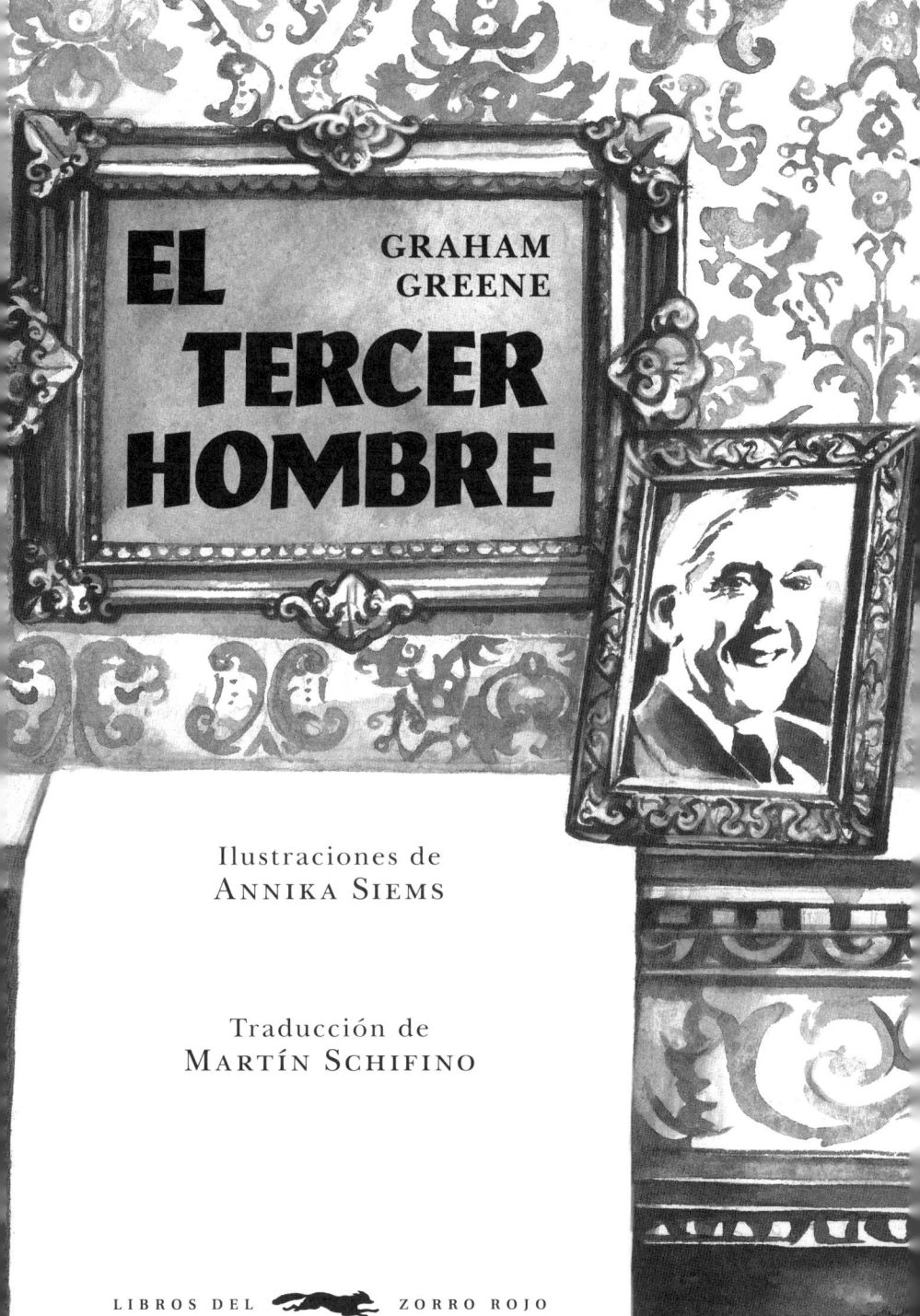

GRAHAM GREENE

EL TERCER HOMBRE

Ilustraciones de
ANNIKA SIEMS

Traducción de
MARTÍN SCHIFINO

LIBROS DEL ZORRO ROJO

A Carol Reed,
con admiración y afecto
y en recuerdo de tantas madrugadas vienesas
en Maxim's, en el Casanova, en el Oriental

PRÓLOGO

El tercer hombre no se escribió para ser leído, sino solo para ser visto. Como tantos romances empezó durante una cena, y continuó, con muchos quebraderos de cabeza, en varios otros lugares: Viena, Venecia, Ravello, Londres, Santa Mónica.

Supongo que la mayoría de los novelistas conservan en la cabeza o en sus cuadernos de notas esbozos de historias que nunca llegan a escribir. A veces uno las revisa al cabo de unos años y se lamenta de lo buenas que hubieran sido en su momento, en un tiempo ya desaparecido. Pues bien, hace años escribí un primer párrafo en el dorso de un sobre: «Una semana después de dar mi último adiós a Harry, cuando metieron su ataúd en el suelo helado de febrero, apenas di crédito al verlo pasar por The Strand entre una multitud de extraños, al parecer sin reconocerme». No perseguí a Harry más de lo que lo hizo mi héroe, así que, cuando sir Alexander Korda me pidió que escribiera una película para Carol Reed —a fin de continuar nuestra colaboración tras *El ídolo caído*—, lo único que pude ofrecerle fue ese párrafo. Aunque Korda quería una película sobre la Viena ocupada por las cuatro potencias, aceptó que yo fuera tras las huellas de Harry Lime.

Me resulta casi imposible escribir un guion cinematográfico sin antes escribir una historia. Una película no solo se basa en la trama, sino también en cierta caracterización, en el ambiente y en la atmósfera; y casi nunca puedo capturar por primera vez esas cosas mediante la sosa taquigrafía de los guiones. Soy capaz de reproducir en un guion cualquier efecto plasmado en otro medio, pero no de crear de la nada. Tengo que sentir que existe otro material en el que inspirarme. Así pues, tuve que empezar *El tercer hombre* en forma de relato, aun sin intención de publicarlo, antes de pasar a las interminables transformaciones que llevan de una escaleta a otra.

En esos primeros guiones Carol Reed y yo trabajamos en estrecha colaboración, recorriendo metros y metros de alfombra por día e interpretando las escenas el uno delante del otro. Nunca un tercero se sumó a nuestros coloquios; rinde mucho más el ida y vuelta del debate a dos. Para el novelista, claro, su novela es lo mejor que puede hacer con un tema dado; resulta inevitable que le molesten muchos de los cambios necesarios para convertirla en una película o en una obra teatral; pero *El tercer hombre* nunca quiso ser otra cosa que el material en bruto del que extraer una película. El lector notará muchas diferencias entre la historia y el largometraje, y haría mal en creer que esos cambios se le impusieron a un autor reticente: lo más probable es que los sugiriese el autor mismo. De hecho, en este caso la película es mejor que la historia, porque es el estadio final de la historia.

Algunos de los cambios responden a obvios motivos superficiales. La elección de una estrella estadounidense en lugar de una inglesa supuso numerosas alteraciones. Por ejemplo, el señor Joseph Cotten se opuso con bastante razón al nombre de Rollo. El nombre tenía que ser absurdo, y se me ocurrió el de Holley cuando recordé a una figura risible, el poeta estadounidense Thomas Holley Chivers. Habría sido difícil que se confundiera a un norteamericano con el gran escritor inglés Dexter, cuyo carácter literario guardaba cierto parecido con el genio amable del señor E. M. Forster. La confusión de identidades habría sido imposible, incluso si Carol Reed no se hubiese opuesto con razón a salvar con muchas explicaciones una situación bastante traída por los pelos, lo que alargaba una película ya de por sí demasiado larga. Otra cuestión menor: por respeto a la opinión estadounidense se le asignó a un rumano el papel de Cooler, porque la participación de Orson Welles ya nos proporcionaba un villano estadounidense. (Dicho sea de paso, la famosa réplica sobre los relojes cucú suizos la insertó en el guion el mismo Welles).

Una de las pocas disputas de peso entre Carol Reed y yo atañía al desenlace, y él tenía toda la razón, como ha quedado demostrado. Yo opinaba que esta obra de entretenimiento era demasiado ligera para cargar con el peso de un final triste. Por su parte, Reed sentía que mi final —aun siendo ambiguo y mudo— le parecería al público, que acababa de ver morir a Harry, una muestra desagradable de cinismo. Confieso que me convenció solo a medias; temía que poca gente se quedaría sentada a presenciar la larga caminata de la chica desde la tumba, y que abandonaría la sala con la impresión de que el final era tan convencional como el mío, pero más dilatado. No tenía en suficiente consideración la maestría de Reed como director, y en ese punto, por supuesto, ninguno de los dos podía prever el brillante descubrimiento que hizo Reed del señor Karas, el citarista.

El episodio en el que los rusos secuestran a Anna (un incidente perfectamente posible en Viena) se eliminó bastante tarde. Su relación con la historia no era del todo satisfactoria, y amenazaba con convertir la película en un largometraje propagandístico. No teníamos ningún deseo de soliviantar los ánimos políticos; queríamos entretener a la gente, asustarla un poco, hacerla reír.

La realidad, de hecho, era solo el trasfondo de un cuento de hadas. No obstante, la historia del tráfico de penicilina se basa en una verdad desoladora, que lo es con creces en la medida en que muchos de los agentes fueron más ingenuos que Joseph Harbin. Hace poco un médico llevó a dos amigos a ver la película en

Londres. Le sorprendió ver lo afectados y deprimidos que quedaban por un largometraje que, en cambio, él había disfrutado. Entonces le contaron que, al final de la guerra, cuando formaban parte de la Royal Air Force, ambos habían traficado con penicilina en Viena. Jamás se habían parado a pensar en las posibles consecuencias de sus actos.

INTERNATIONAL PATROL
PATROUILLE INTERNATIONALE
МЕЖСОЮЗНЫЙ ПАТРУЛЬ

VIENA

I

Nunca se sabe cuándo puede caer el golpe. Cuando vi a Rollo Martins por primera vez apunté lo siguiente para mis expedientes policiales: «En circunstancias normales es un tonto alegre. Bebe más de la cuenta y puede armar un poco de alboroto. Siempre que pasa una mujer la sigue con la mirada y suelta algún comentario, pero me da la sensación de que preferiría no buscarse problemas. No ha madurado nunca, y quizá por eso veneraba a Lime como lo hacía». Escribí eso de «en circunstancias normales» porque lo conocí en el funeral de Harry Lime. Era febrero, y los sepultureros se habían visto obligados a emplear taladros eléctricos para romper el suelo helado del Cementerio Central de Viena. Parecía que incluso la naturaleza hacía todo lo posible por rechazar a Line, pero al cabo conseguimos meterlo en el hoyo y echarle encima una tierra dura como ladrillos. Se cerró la tumba, y Rollo Martins se alejó rápidamente como si sus piernas largas y flacuchas quisieran echar a correr, mientras unas lágrimas infantiles resbalaban por sus mejillas de treinta y cinco años. Rollo Martins creía en la amistad, y por eso lo que pasó después le produjo una conmoción mayor de la que habría podido causarnos a ustedes o a mí (ustedes sin duda lo habrían achacado todo a una ilusión, y a mí se me habría ocurrido enseguida una explicación racional, por errónea que fuera). Ojalá hubiera venido a contármelo entonces; nos habríamos ahorrado un montón de problemas.

A fin de entender esta historia extraña y bastante triste, hay que hacerse al menos una idea de su trasfondo: la ciudad de Viena, inhóspita y destrozada, repartida en zonas entre las cuatro potencias, con las zonas rusa, británica, estadounidense y francesa señaladas solo por carteles y, en el centro, rodeada por el Ring de macizos edificios públicos y estatuas ecuestres, la Innere Stadt bajo el control de las cuatro potencias juntas. En esta ciudad interior, antes tan elegante, las potencias se turnaban para tomar durante un mes «las riendas», según lo llamábamos, y encargarse de la seguridad; por la noche, cualquiera que fuese lo bastante idiota para despilfarrar chelines austriacos en un cabaret casi seguro veía entrar en acción a las fuerzas internacionales: cuatro cuerpos de policía militar, uno por potencia, que se comunicaban entre sí, en la medida en que lo hacían, en el idioma del enemigo común. No conocí la Viena de entreguerras, y soy demasiado joven para recordar la antigua, famosa por la música de Strauss y por su impostado encanto natural; para mí la ciudad es un conjunto de ruinas sin lustre que, a lo largo de aquel febrero, se convirtieron en unos enormes glaciares de hielo y nieve. El Danubio era un ancho río gris y barroso que corría a lo lejos, en la otra punta del segundo distrito, la zona rusa donde estaba el Prater destrozado y desierto y lleno de malas hierbas, con la sola presencia de la gran noria girando lentamente sobre los cimientos de carruseles que parecían ruedas de molino abandonadas, del hierro oxidado de unos tanques destruidos que nadie había retirado y de los hierbajos escarchados que asomaban entre la nieve más fina. No consigo imaginarme la ciudad de antes; tampoco puedo figurarme el hotel Sacher como otra cosa que un albergue transitorio para oficiales ingleses, ni ver la Kärntnerstrasse como una calle elegante en lugar de la vía que ahora solo existe, en su mayor parte, a la altura de los ojos, restaurada únicamente en la planta baja. Un soldado ruso tocado con gorra de piel pasa con un rifle al hombro, unas cuantas fulanas se congregan cerca de la Oficina de Información estadounidense y unos tipos bien abrigados dan sorbitos a un sucedáneo de café tras las vidrieras de la antigua Viena. Por la noche conviene quedarse en el centro de la ciudad o en las zonas de tres de las potencias, aunque incluso en ellas ocurren secuestros, secuestros que a menudo nos parecen un sinsentido: una chica ucraniana sin pasaporte, un anciano que ha superado la edad útil; a veces, por supuesto, un técnico o un traidor. A grandes rasgos, esa era la Viena a la que llegó Rollo Martins el 7 de febrero del año pasado. He reconstruido el asunto lo mejor que he podido a partir de mis expedientes y de lo que me contó Martins. El informe es tan exacto como he sabido redactarlo; he procurado no inventar ni una réplica de diálogo, aunque no puedo responder de la memoria de Martins. Se trata de una historia desagradable si se excluye a la chica: sombría y triste y sin gracia, salvo por el absurdo episodio del conferencista del British Council.

II

Un súbdito británico puede viajar al extranjero si se contenta con llevar encima no más de cinco libras esterlinas, que tiene prohibido gastar; pero a Rollo Martins no le habrían permitido entrar en Austria, que seguía siendo territorio ocupado, de no haber recibido una invitación de parte de Lime en nombre de la Oficina Internacional para los Refugiados. Lime le había propuesto a Martins que escribiera una crónica sobre el trato que recibían los refugiados internacionales, y, aunque no solía dedicarse a esas cosas, Martins había aceptado. Serían unas vacaciones, y bien que las necesitaba después del incidente de Dublín y de aquel otro de Ámsterdam; siempre intentaba descartar a las mujeres como si fueran «incidentes», cosas que le sucedían con independencia de su voluntad, actos de Dios que las aseguradoras ponen como excusa para no pagar. Cuando llegó a Viena, estaba ojeroso y tenía la costumbre de mirar por encima del hombro, algo que me hizo sospechar de él por un tiempo, hasta que me di cuenta de que vivía con el temor de que se le apareciese de improviso alguna de, digamos, seis personas. Me contó sin mucho detalle que había estado mezclando tragos: era otra forma de explicar su caso.

A lo que se dedicaba Rollo Martins era a escribir westerns baratos, de los que se publican en rústica, con el seudónimo de Buck Dexter. Contaba con un público amplio, pero poco remunerativo. No habría podido permitirse la estancia en Viena si Lime no hubiese ofrecido pagarle los gastos a través de ciertos fondos destinados a la propaganda, según le contó sin entrar en detalles. Lime también podía proporcionarle vales de papel, la única moneda corriente de un penique para arriba en los hoteles y en los clubes británicos. Fue así como Martins llegó a Viena con exactamente cinco billetes inútiles de una libra.

Poco antes ocurrió un episodio extraño en Frankfurt, donde el avión que venía de Londres hizo escala durante una hora. Martins estaba comiendo una hamburguesa en la cantina estadounidense (la amable aerolínea daba a los pasajeros un cupón por sesenta y cinco centavos para la comida), y en eso se acercó a su mesa un hombre que, a unos cinco metros de distancia, ya le parecía un periodista.

—¿Es usted el señor Dexter? —preguntó el sujeto.

—Sí —dijo Martins, algo sorprendido.

—Parece más joven que en las fotos —dijo el hombre—. ¿Le gustaría hacer una declaración? Represento al periódico de las fuerzas locales. Quisiéramos saber qué opina de Frankfurt.

—Llevo aquí apenas diez minutos.

—Entiendo —dijo el hombre—. ¿Alguna opinión sobre la novela norteamericana?

—No leo ninguna —dijo Martins.

—Su famoso humor ácido —dijo el periodista, y señaló a un hombrecito canoso con dientes enormes que mordisqueaba un trozo de pan—. ¿Por casualidad sabe si ese de ahí es Carey?

—No. ¿Qué Carey?

—J. G. Carey, claro.

—No me suena el nombre.

—Ustedes los novelistas viven en otro mundo. En realidad, me mandan a entrevistarlo a él —dijo el hombre, y Martins lo vio cruzar la sala hacia el gran Carey, que lo saludó con una sonrisa falsa, digna de un titular, mientras bajaba el trozo de pan.

Al periodista no lo habían enviado a entrevistar a Dexter, pero aun así Martins sintió cierto orgullo: jamás lo habían llamado «novelista»; y esa sensación de orgullo e importancia lo ayudó a sobrellevar la desilusión al ver que Lime no acudía a recogerlo en el aeropuerto de Viena. Nunca nos acostumbramos a ser menos importantes para los demás de lo que los demás lo son para nosotros; Martins sintió una pequeña punzada al descubrirse prescindible, junto a la puerta del autobús, mientras miraba caer una nieve tan dispersa y suave que los montones acumulados entre las ruinas de los edificios parecían una materia permanente, como si no los hubiese producido aquella leve precipitación, sino que se hallaran desde siempre sobre la cota de la nieve eterna.

Lime tampoco fue a recogerlo al Hotel Astoria, donde lo dejó el autobús, ni le envió un mensaje; Martins solo encontró una nota críptica dirigida al señor Dexter por un completo desconocido llamado Crabbin. «Lo esperábamos en el avión de mañana. Por favor quédese donde está. Vamos hacia allá. Habitación reservada». Pero Rollo Martins no era de los que se quedan en ningún lugar. Si uno se queda en el vestíbulo de un hotel, tarde o temprano sobrevienen incidentes; se mezclan tragos. Recuerdo la voz de Rollo Martins diciéndome: «No quiero más incidentes. Ya basta de incidentes», antes de zambullirse en el incidente más grave de todos. Rollo Martins cargaba con un conflicto permanente entre su absurdo nombre de pila y su firme apellido holandés (salido de Holanda cuatro generaciones atrás). Rollo ojeaba a cada mujer que pasaba, y Martins renunciaba a todas para siempre. No sé cuál de los dos escribía los westerns.

Martins tenía la dirección de Lime, y no sentía curiosidad por aquel hombre llamado Crabbin; era obvio que se trataba de un error, aunque tardó en relacionarlo con la conversación que había entablado en Frankfurt. Lime le había escrito que podía alojarlo en su vivienda, un amplio apartamento que se le había requisado

a un propietario nazi en la periferia de Viena. Lime podía pagarle el taxi cuando llegara, de manera que Martins se encaminó directamente al edificio situado en la tercera zona (británica). Dejó al taxista esperando mientras subía al tercer piso.

Es notorio lo rápido que se toma conciencia del silencio, incluso en una ciudad tan silenciosa como lo es Viena bajo la nieve. Antes de llegar al segundo piso, Martins tuvo la certeza de que no encontraría a Lime en casa, pero el silencio era más hondo que una mera ausencia; presintió que no iba a encontrar a Lime en ningún lugar de Viena y, al llegar al tercero y ver el lazo negro atado al picaporte, en ningún lugar del planeta. Desde luego, bien podía haber muerto la cocinera, el ama de llaves, cualquier persona salvo Harry Lime, pero Martins supo —sintió que lo había sabido veinte escalones más abajo— que Lime, el Lime al que llevaba veinte años idolatrando, desde que se habían conocido en el sombrío pasillo de la escuela cuando una campana rajada marcaba la ora de rezar, no estaba ya en este mundo. No se equivocaba, o no del todo. Tras llamar al timbre media docena de veces, vio que un hombre pequeño y hosco se asomaba a la puerta de otro apartamento y le decía con aire enfadado:

—Es inútil. No hay nadie en casa. Se ha muerto.

—¿Herr Lime?

—Claro que Herr Lime.

Martins me dijo más tarde: «Al principio no entendí el significado de la frase. Era solo un pedazo de información, como esos sueltos de *The Times* que llaman "Noticias breves". Le pregunté al hombre qué había pasado, cuándo».

—Lo atropelló un coche —contestó—. El jueves. —Luego añadió hoscamente, como si de verdad no fuese asunto suyo—: Lo entierran esta tarde. Por poco no se los ha cruzado.

—¿A quiénes?

—Ah, un par de amigos y el ataúd.

—¿No estuvo en el hospital?

—No tenía sentido que lo llevaran al hospital. Murió en el acto, en la puerta de aquí abajo. El guardabarros derecho lo golpeó en el hombro y lo derribó como a un conejo.

En ese momento, me contó Martins, cuando el anciano utilizó la palabra «conejo», el Harry Lime muerto cobró vida, se convirtió en el niño de la pistola que le había enseñado a Martins a cazar; un niño que se levantaba entre las profundas madrigueras arenosas del parque de Brickworth y decía: «Dispara, idiota, dispara. ¡Ahí!», y luego el conejo buscaba refugio cojeando, herido por el tiro de Martins.

—¿Dónde lo entierran? —preguntó al desconocido del rellano.

—En el Cementerio Central. Lo tienen difícil con esta helada.

Martins no sabía cómo pagaría el taxi, mucho menos dónde encontraría una habitación en Viena por cinco libras esterlinas, pero esos problemas deberían esperar hasta que le diese su último adiós a Harry Lime. Salió de la ciudad directamente hacia el barrio alejado (de la zona británica) donde se hallaba el Cementerio Central. Para llegar, era necesario atravesar la zona rusa y cruzar una parte de la estadounidense, que resultaba inconfundible porque exhibía una heladería en cada esquina. Los tranvías bordeaban los altos muros del Cementerio Central, y, al otro lado de las vías, más o menos a lo largo de un kilómetro y medio estaban las marmolerías y las floristerías, con filas aparentemente interminables de lápidas que esperaban a sus destinatarios y de coronas que esperaban a sus deudos.

Martins no se había dado cuenta de la magnitud de aquel enorme parque nevado donde acudía a su último encuentro con Lime. Era como si Harry le hubiese dejado un mensaje que dijese: «Nos vemos en Hyde Park», sin especificar un lugar concreto entre la estatua de Aquiles y Lancaster Gate; las avenidas de tumbas, cada una con letras y números, se abrían como los rayos de una gigantesca rueda; el coche anduvo unos ochocientos metros hacia el oeste, luego dobló y siguió ochocientos más hacia el norte, torció hacia el sur... La nieve confería un grotesco toque de comedia a las magnas y ampulosas lápidas familiares: una cara angelical llevaba un bisoñé de nieve torcido, un santo enseñaba un poblado bigote blanco y el busto de un alto funcionario llamado Wolfgang Gottman lucía un chacó de nieve inclinado hacia delante. Incluso el camposanto estaba dividido en zonas correspondientes a las distintas potencias: en la rusa predominaban las estatuas enormes y de mal gusto que representaban a hombres armados; en la francesa, las filas de anónimas cruces de madera y una bandera tricolor desgarrada. De pronto Martins recordó que Lime era católico y consideró improbable que le dieran sepultura en la zona británica, que llevaban un buen rato buscando sin éxito. Así que volvieron a través de un bosque donde las tumbas estaban tendidas como lobos entre los árboles, ojos blancos y brillantes bajo las sombras de las hojas perennes. En un momento, de entre los troncos salió un grupo de tres hombres ataviados con extraños uniformes negros y plateados del siglo XVIII, empujando una especie de carretilla; tras cruzar un sendero en el bosque de tumbas, se perdieron de vista.

Solo la suerte quiso que Martins encontrara el funeral a tiempo en aquel parque enorme: una parcela cuya nieve se había quitado con palas, donde un grupito de gente parecía ocuparse de un asunto muy privado. El sacerdote acababa de decir unas palabras, que cruzaron casi en secreto la nevada fina y constante, y el ataúd iba a bajarse al hoyo abierto. Junto a la tumba estaban dos hombres en traje de calle; uno de ellos sostenía una corona en la mano, y era evidente que había olvidado echarla sobre el ataúd porque en eso su acompañante le dio un golpecito en el codo, que le hizo volver en sí y soltar las flores. Había una chica un poco apartada cubriéndose la cara con las manos, y yo me hallaba a unos veinte metros de ella al lado de otra tumba, observando con alivio el final de Lime y tomando buena nota de los presentes. Debí de parecer solamente un hombre con gabardina a ojos de Martins, que se me acercó y preguntó:

—¿Podría decirme a quién entierran?

—A un tal Lime —contesté, y me asombró ver que a aquel desconocido se le llenaban los ojos de lágrimas: no parecía un hombre de los que lloran, ni yo tenía a Lime por alguien a quien despedir con lágrimas de verdad. Estaba la chica, por supuesto, pero uno exceptúa a las mujeres de tales generalizaciones.

Martins se quedó hasta el final, muy cerca de mi puesto. Luego me dijo que, al ser un viejo amigo, no quería importunar a los nuevos: la muerte de Lime les pertenecía y bien podían quedársela. Abrigaba la ilusión sentimental de que a él le pertenecía la vida, o al menos veinte años de ella. En cuanto acabó la ceremonia —no soy religioso y me impacienta un poco el boato que rodea a la muerte—, Martins se alejó dando zancadas con sus largas piernas, que siempre parecían estar a punto de enredarse entre sí, para volver al taxi. No quiso hablar con nadie, y en ese momento realmente se le saltaban las lágrimas, o en todo caso las escasas gotas que un hombre de nuestra edad consigue derramar.

Los expedientes, sabrán ustedes, nunca acaban de completarse; los casos nunca se cierran de verdad, incluso al cabo de un siglo, cuando todos los participantes ya se han muerto. De ahí que siguiera a Martins: conocía a los otros tres, y quería saber quién era el extraño. Le di alcance junto al taxi y le dije:

—No tengo medio de transporte. ¿Me lleva a la ciudad?

—Claro —contestó.

Yo sabía que el conductor de mi jeep me vería salir y nos seguiría con discreción. Cuando arrancamos, noté que Martins no miraba atrás; casi siempre son los falsos dolientes y los falsos amantes quienes echan una última mirada, quienes saludan desde

los andenes en lugar de marcharse sin volver la vista. ¿Será que se quieren a sí mismos demasiado y desean que los sigan viendo los demás, incluso muertos?

—Me llamo Calloway —dije.

—Martins —replicó.

—¿Era amigo de Lime?

—Sí.

A lo largo de la última semana, la mayoría de la gente habría dudado en admitir algo así.

—¿Lleva tiempo en la ciudad?

—Acabo de llegar de Inglaterra. Harry se había ofrecido a hospedarme en su casa. Yo no estaba al corriente de nada.

—Habrá sido terrible, ¿no?

—Mire —dijo—, necesito una copa, pero solo tengo cinco libras esterlinas. Le agradecería muchísimo si pudiera invitarme a una.

Fue mi turno de decir: «Claro». Tras pensar un momento, le di al conductor el nombre de un local de la Kärntnerstrasse. Pensé que Martins no querría dejarse ver en un concurrido bar británico lleno de agentes de tránsito y de sus mujeres. En el bar que elegí, quizá por sus precios exorbitantes, rara vez había más de una pareja, que siempre estaba entretenida en sus cosas. El problema era que solo servían un tipo de copa, un licor dulzón de chocolate al que el camarero le echaba un chorrito de coñac por algo de dinero, aunque me dio la impresión de que Martins no pondría objeciones a ninguna bebida con tal de que difuminara el pasado y el presente. En la puerta colgaba el típico letrero anunciando que abrían de seis a diez, pero bastaba con darle un empujón y atravesar los salones del frente para que a uno le sirvieran. Nos instalamos en una sala vacía —la única pareja presente estaba en la de al lado—, y el camarero, que me conocía, nos dejó solos con unos sándwiches de caviar. Por suerte los dos sabíamos que yo tenía una cuenta de gastos.

Tras apurar una segunda copa, Martins dijo:

—Lo siento, pero era el mejor amigo que he tenido.

Dada la información que yo tenía, y con ganas de fastidiarlo (así se descubren muchas cosas), no pude evitar decir:

—Eso suena a novelita barata.

Contestó al momento:

—Escribo novelitas baratas.

En todo caso, acababa de descubrir algo. Hasta la tercera copa, Martins siguió dándome la impresión de no ser un conversador nato, pero casi tuve la certeza de que se pondría muy difícil después de la cuarta. Dije:

—Hábleme de usted… y de Lime.

—Mire —me contestó—. Me hace falta otra, pero no puedo seguir bebiendo a costa de un desconocido. ¿Me podría cambiar una libra o dos por dinero austriaco?

—No se preocupe —respondí y llamé al camarero—. Ya me devolverá la invitación cuando me toque ir de permiso a Londres.

Estaba por contarme de dónde conocía a Lime.

Por cómo se quedó mirando la copa de licor de chocolate, girándola para un lado y para otro, se hubiera dicho que contemplaba un cristal mágico.

—Es una historia muy vieja. No creo que nadie conociera a Harry como lo conocía yo —dijo, y yo pensé en el expediente que estaba en mi oficina, lleno de los informes escritos por mis agentes, cada uno de los cuales afirmaba lo mismo. Confío en mis agentes; los he examinado a todos con mucho cuidado.

—¿Cuán vieja?

—Veinte años o un poco más. Lo conocí en el primer semestre de la escuela. Recuerdo el lugar. Recuerdo la pizarra y lo que ponía. Todavía puedo oír el sonido de la campana. Él me llevaba un año y sabía cómo funcionaba todo. Me abrió los ojos a un montón de cosas. —Le dio un sorbito a la copa y volvió a girar

el cristal como para ver más claramente lo que estuviese mirando. Luego dijo—: Es curioso. Creo que no conocí a ninguna mujer tan bien como a él.

—¿Era un tipo listo en la escuela?

—No cumplía con las expectativas. Pero ¡las cosas que se le ocurrían! Inventaba unos planes maravillosos. A mí se me daban mucho mejor que a él las asignaturas como Historia y Lengua, pero era un inútil a la hora de llevar a cabo los planes de Harry. —Se rio. Con la ayuda de la bebida y de la charla, empezaba a quitarse de encima la conmoción de la muerte. Dijo—: Yo era el alumno al que siempre pescaban.

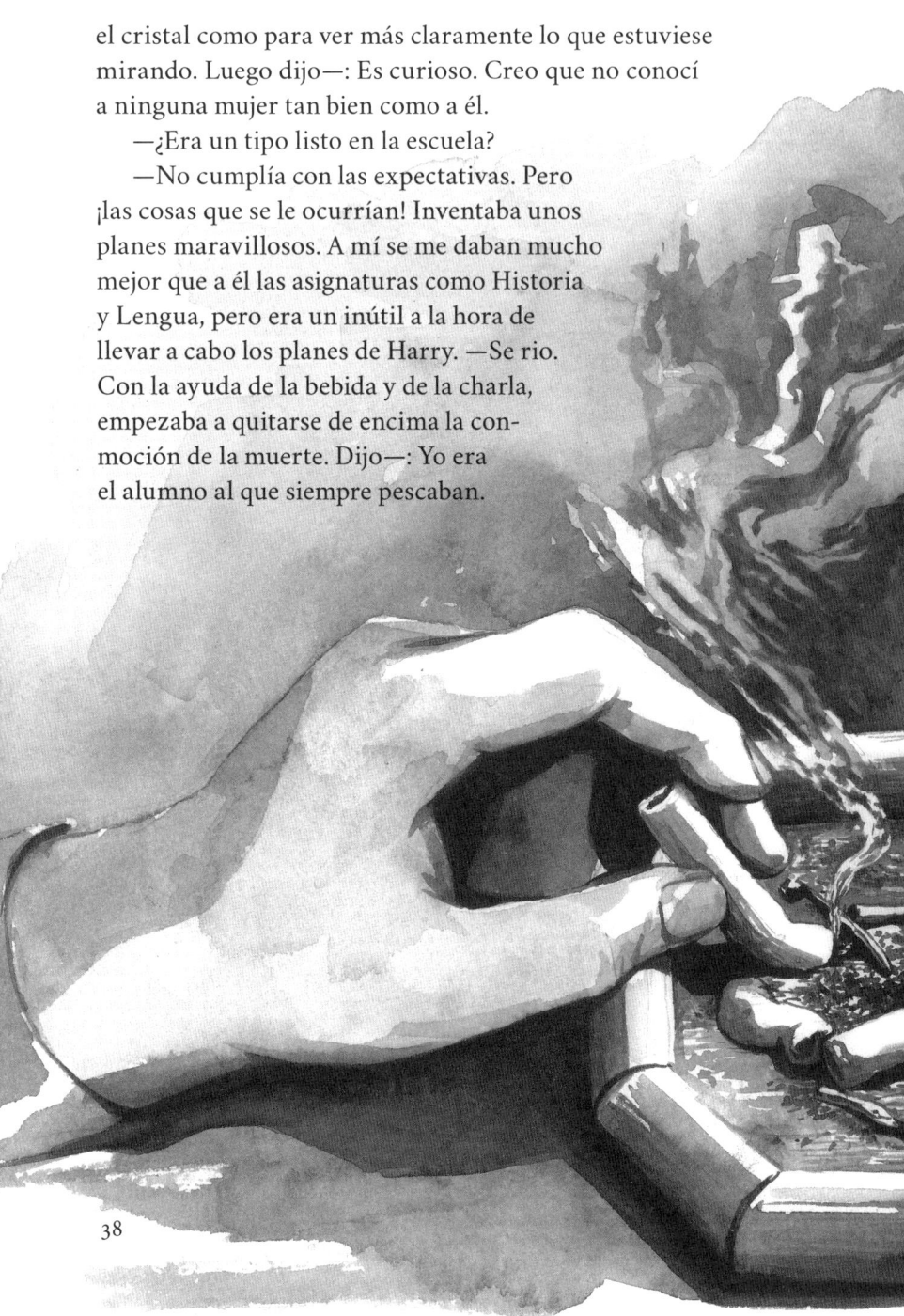

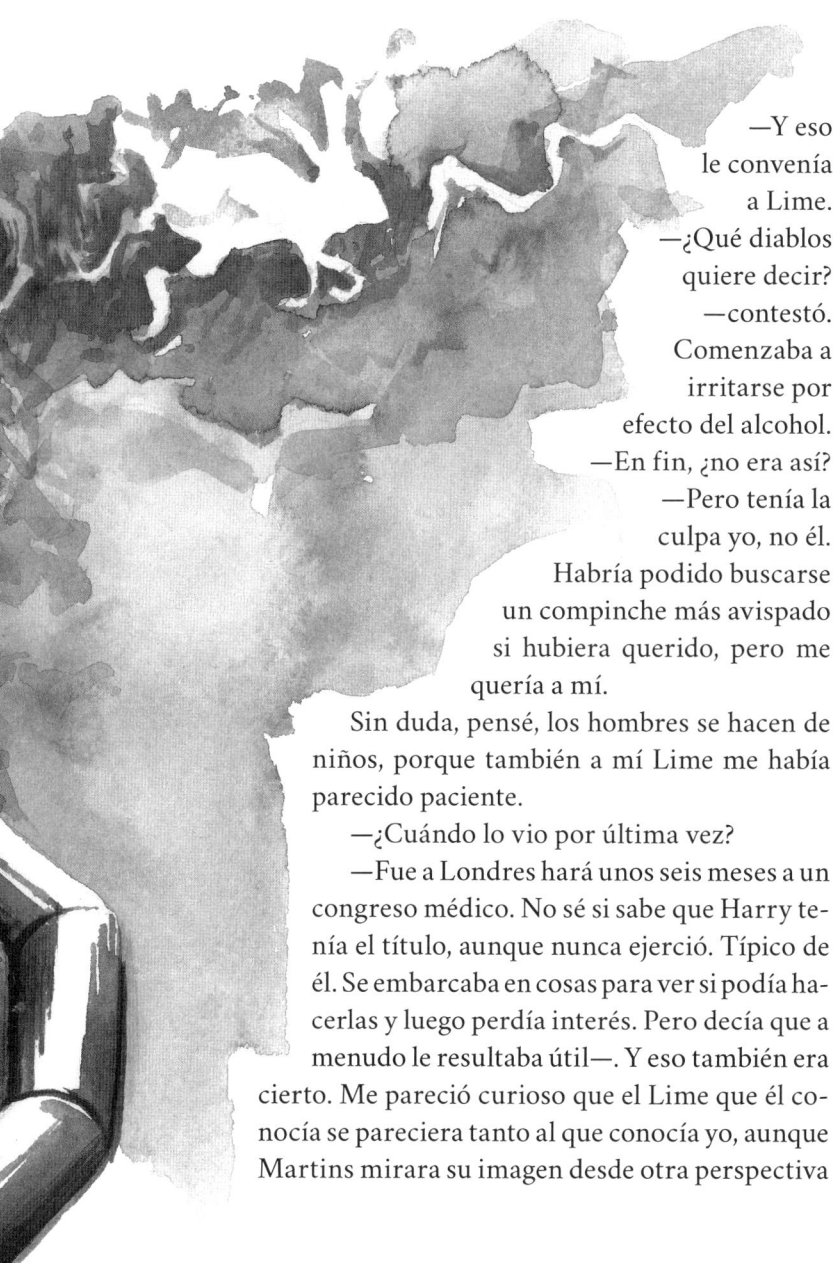

—Y eso le convenía a Lime.

—¿Qué diablos quiere decir? —contestó. Comenzaba a irritarse por efecto del alcohol.

—En fin, ¿no era así?

—Pero tenía la culpa yo, no él. Habría podido buscarse un compinche más avispado si hubiera querido, pero me quería a mí.

Sin duda, pensé, los hombres se hacen de niños, porque también a mí Lime me había parecido paciente.

—¿Cuándo lo vio por última vez?

—Fue a Londres hará unos seis meses a un congreso médico. No sé si sabe que Harry tenía el título, aunque nunca ejerció. Típico de él. Se embarcaba en cosas para ver si podía hacerlas y luego perdía interés. Pero decía que a menudo le resultaba útil—. Y eso también era cierto. Me pareció curioso que el Lime que él conocía se pareciera tanto al que conocía yo, aunque Martins mirara su imagen desde otra perspectiva

39

o bajo otra luz. Continuó—: Una de las cosas que me gustaban de Harry era su sentido del humor—. Sonrió de una forma que le quitó cinco años a su cara—. Yo soy un payaso. Me gustan las bromas, pero Harry era de verdad ocurrente. Podría haber sido un gran compositor de música popular si se lo hubiese propuesto.

Silbó una melodía que me resultó curiosamente familiar.

—Siempre la recuerdo. Vi a Harry escribirla. Lo hizo en el dorso de un sobre en un par de minutos. Era la tonada que siempre silbaba cuando estaba pensando en algo. Era su propia seña musical. —Silbó la melodía una vez más, y entonces recordé quién la había escrito: por supuesto, no era Harry. Estuve a punto de decírselo, pero ¿qué sentido tenía? La melodía vibró en el aire y desapareció. Martins se quedó mirando el interior de su copa, apuró lo que quedaba y dijo—: La verdad, da mucha tristeza pensar en cómo murió.

—Es lo mejor que le podía pasar —contesté.

No comprendió de inmediato lo que le estaba diciendo; la bebida le nublaba un poco el juicio.

—¿Lo mejor?

—Sí.

—¿Quiere decir que no sufrió?

—También tuvo suerte en ese sentido.

Fue el tono de mi voz y no las palabras mismas lo que llamó la atención de Martins. Preguntó cortés pero amenazante (vi como apretaba el puño derecho):

—¿Está usted insinuando algo?

No tiene ningún sentido hacerse el valiente en todas las circunstancias: eché la silla hacia atrás lo bastante para ponerme a salvo de un posible puñetazo. Dije:

—A lo que voy es que tengo su expediente completo en la jefatura de policía. De no haber sido por el accidente, habría cumplido una condena larga, muy larga.

—¿Una condena por qué?

—Era el peor estafador de los que se ganan la vida con negocios sucios en esta ciudad.

Lo vi calcular la distancia que nos separaba y concluir que no me alcanzaría desde donde estaba sentado. Rollo quería lanzar un golpe, pero Martins aguantaba sin moverse, con cautela. Empezaba a darme cuenta de que Martins era peligroso. Y acaso había cometido un grave error: tal vez Martins no era el tonto por el que uno tomaba a Rollo.

—¿Usted es policía? —preguntó.

—Sí.

—Siempre he odiado a los policías. Son corruptos o estúpidos.

—¿Así es en los libros que usted escribe?

Lo vi mover la silla para bloquearme el paso. Miré de reojo al camarero, que entendió mi señal: es la ventaja de utilizar siempre el mismo bar para los encuentros.

Martins esbozó una sonrisa tensa y dijo con amabilidad:

—Los tengo que llamar «sheriffs».

—¿Ha estado en Estados Unidos?

Era una conversación idiota.

—No. ¿Me está interrogando?

—Pregunto por interés, nada más.

—Si Harry era uno de esos estafadores, debo de serlo yo también. Siempre trabajábamos juntos.

—Claro, le habrá ofrecido incluirlo en la organización. No me extrañaría que quisiera hacerle pagar el pato. El mismo método que en la escuela, usted me lo acaba de contar, ¿no es así? Porque, en fin, el director empezaba a enterarse de un par de cosas.

—Es lo que usted esperaría… Supongo que habrán descubierto algún chanchullo con la gasolina o algo así y, como no encontraban a quien culpar, usted se lo quiere cargar a un muerto. Típico de un policía. Porque usted es policía de verdad, ¿no?

—Sí, Scotland Yard, aunque me hacen ponerme un uniforme de coronel cuando estoy de servicio.

Para entonces Martins me había cerrado el paso hacia la puerta. No podía escabullirme sin ponerme a tiro. Las peleas no se me dan bien, y en cualquier caso me sacaba quince centímetros. Dije:

—No era gasolina.

—Neumáticos, edulcorante… ¿Por qué los policías no atrapan a algún asesino de vez en cuando?

—Bueno, podría decirse que el asesinato formaba parte de este negociado.

Empujó la mesa hacia un lado con una mano y se abalanzó hacia mí con la otra; pero el alcohol le embrolló los cálculos. Y antes de que hiciera un nuevo intento, mi conductor lo agarró por detrás.

Le dije a este último:

—No lo vapulees mucho. No es sino un escritor que ha bebido más de la cuenta.

—Quédese tranquilo, señor —dijo mi conductor. Respetaba en exceso a la clase de los oficiales. Es probable que incluso hubiera llamado a Lime «señor».

—Mire, Callaghan, o como cuernos se llame…

—Calloway. Soy inglés, no irlandés.

—Lo voy a hacer quedar como el idiota más grande de Viena. A este muerto no le va a endosar los crímenes que tenga sin resolver.

—Claro. ¿Me va a entregar al verdadero criminal? Suena como una de sus historias.

—Ya me puede soltar, Callaghan. Prefiero hacerlo quedar como un idiota a ponerle un ojo morado. Con un ojo morado podría quedarse en cama un par de días. Pero, cuando haya acabado con usted, tendrá que irse de Viena.

Saqué unos vales por un par de libras y se los metí en el bolsillo delantero de la chaqueta.

—Con esto se arreglará esta noche —dije—. Y me aseguraré de que tenga reservado un asiento en el vuelo a Londres de mañana.

—No me puede echar. Mis documentos están en regla.

—Sí, pero aquí es como en cualquier otra ciudad: necesitará dinero. Si intenta cambiar libras en el mercado negro, lo atraparé en menos de veinticuatro horas. Suéltalo, Paine.

Rollo Martins se limpió el polvo y dijo:

—Gracias por los tragos.

—No hay de qué.

—Me alegro de no tener que sentirme agradecido. Supongo que pasará los gastos…

—Sí.

—Volveremos a vernos en una semana o dos cuando haya atrapado al pobre diablo.

Era obvio que estaba enfadado. No creí que hablara en serio. Pensé que solo estaba haciendo teatro por el bien de su autoestima.

—Puede que vaya a despedirlo mañana.

—Yo que usted no perdería el tiempo. No pienso ir.

—Aquí el amigo Paine le mostrará el camino hasta el hotel Sacher's. Le darán comida y alojamiento. Se lo garantizo.

Hizo ademán de dejar pasar al camarero con un paso al costado y me lanzó un guantazo. Lo esquivé por poco, pero me choqué con la mesa. Antes de que pudiera intentarlo de nuevo, Paine le había dado en la mandíbula. Cayó al suelo entre las mesas, y se levantó con el labio sangrando. Le dije:

—Pensé que había prometido no pelear.

Se limpió un poco de la sangre con la manga y contestó:

—Ah, no, le dije que preferiría hacerlo quedar como un idiota, no que no le iba a dejar también un ojo morado.

Yo había tenido un día largo y estaba harto de Rollo Martins.

—Asegúrate de que llegue de una pieza a Sacher's. Y no hace falta pegarle de nuevo si se porta bien —le dije a Paine.

Tras volverles la espalda a los dos, me dirigí al interior del bar (me merecía más de una copa) y oí que Paine le decía respetuosamente al tipo que acababa de dejar tendido:

—Por aquí, señor. El hotel está a la vuelta de la esquina.

III

Lo que pasó a continuación me lo contó tiempo después no Paine sino Martins, cuando fui reconstruyendo los sucesos que me hicieron quedar, en efecto, como un idiota, aunque no del modo en que él esperaba. Paine se limitó a acompañarlo hasta la recepción y a explicar: «El caballero llegó esta mañana en el vuelo de Londres. Dice el coronel Calloway que le den una habitación». Tras dejar eso en claro, añadió: «Buenas noches, señor», y se marchó. Es probable que le diera un poco de vergüenza haberle partido el labio a Martins.

—¿Tenía reserva, caballero? —preguntó el recepcionista.

—No, creo que no —dijo Martins con una voz apagada, tapándose la boca con un pañuelo.

—Pensé que usted podría ser el señor Dexter. Tenemos una habitación reservada para el señor Dexter por una semana.

Martins contestó:

—Ah, pues yo soy el señor Dexter.

Más tarde me dijo que se le ocurrió que Lime podría haberle reservado una habitación bajo ese nombre porque, en lo relacionado con la propaganda, iban a emplear a Buck Dexter y no a Rollo Martins. Una voz dijo a su lado:

—Lamento mucho que nadie lo recogiera en el aeropuerto, señor Dexter. Me llamo Crabbin. —Quien le hablaba era un joven avejentado y robusto con una tonsura natural y las gafas de pasta más gruesas que Martins había visto en su vida. Continuó disculpándose—: Dio la casualidad de que uno de nuestros empleados llamó a Frankfurt, y entonces se enteró de que usted iba en el avión. La oficina central cometió uno de sus típicos errores y nos comunicó por cable que usted no vendría. Algo sobre Suecia, aunque el telegrama estaba mutilado. En cuanto supe lo de Frankfurt traté de ir a buscarlo, pero no lo encontré. ¿Recibió mi nota?

Sin retirarse el pañuelo de la boca, Martins contestó de manera críptica:

—Sí. ¿Sí?

—¿Me permite decirle, señor Dexter, que es un honor conocerlo?

—Me alegro por usted.

—Desde que yo era un muchacho, he pensado que usted es el mejor novelista del siglo.

Martins hizo una mueca. Le dolía abrir la boca para protestar. En lugar de eso, fulminó con la mirada al señor Crabbin, aunque era imposible que aquel joven le estuviera tomando el pelo.

—Tiene usted un público muy amplio en Austria, señor Dexter, tanto de las obras originales como de sus traducciones. En particular de *La proa curva*, que es mi favorita.

Martins se quedó absorto y dijo:

—¿Dijo usted que la habitación es por una semana?

—Sí.

—Muy amable de su parte.

—El señor Schmidt aquí presente le dará todos los días los vales para las comidas. Pero supongo que necesitará algo de dinero suelto. Está previsto. Hemos pensado que mañana le gustaría tener una jornada tranquila, para pasear un poco.

—Así es.

—Desde luego, cualquiera de nosotros está a su servicio si necesita un guía. Pasado mañana por la tarde hay un pequeño acto en el Instituto, con debate incluido, sobre la novela contemporánea. Hemos pensado que usted podría decir unas palabras para abrir la sesión y luego responder a algunas preguntas.

En ese momento, Martins hubiera hecho cualquier cosa para librarse del señor Crabbin y asegurarse una semana de comida y alojamiento gratis; y Rollo, por supuesto, como no tardaría yo en descubrir, siempre estaba dispuesto a aceptar lo que fuera: una copa, una chica, un chiste, cualquier aventura nueva.

—Claro, claro —dijo luego tras su pañuelo.

—Disculpe, señor Dexter, ¿le duele una muela? Conozco a un muy buen dentista.

—No, nada más me han dado un golpe.

—¡Cielo santo! ¿Querían robarle?

—No, me lo hizo un soldado. La cosa es que yo antes quise darle un puñetazo en el ojo a su coronel.

Se quitó el pañuelo y le dejó ver a Crabbin el labio partido. Según me contó, Crabbin se quedó de piedra. Martins no entendió el motivo porque nunca había leído la obra de su gran contemporáneo, Benjamin Dexter: ni siquiera sabía quién era. Yo soy un gran admirador de Dexter, así que comprendo el desconcierto de Crabbin. Se ha situado a Dexter a la altura de Henry James como estilista, aunque tiene una veta femenina todavía más marcada que su maestro; de hecho, sus enemigos han comparado su estilo sutil, complejo y vacilante con los remilgos de una solterona, por más que sea un hombre que aún no llega a los cincuenta años. Además, su exagerado interés en el bordado y su costumbre de apaciguar una mente de por sí no muy tumultuosa con trabajos de encaje —rasgo que sus discípulos adoran— le parecen a cierta gente un poquitín afectados.

—¿Alguna vez ha leído un libro llamado *El llanero solitario de Santa Fé*?

—No, no lo creo.

—Pues hay un llanero solitario al que le matan al mejor amigo —explicó Martins—, y el culpable es el sheriff de un pueblo llamado Lost Claim Gulch. La historia va de cómo el llanero persigue al sheriff hasta lograr su venganza, con todas las de la ley.

—Nunca habría dicho que usted leía westerns, señor Dexter —dijo Crabbin, y Martins tuvo que hacer un gran esfuerzo para que Rollo no contestara: «Pero los escribo».

—Bueno, así voy yo tras al coronel Callaghan.

—Nunca he oído ese nombre.

—¿Ha oído hablar de Harry Lime?

—Sí —concedió Crabbin con cautela—, aunque la verdad es que no lo conocía.

—Yo sí. Era mi mejor amigo.

—No sabía que Lime fuera un personaje… muy literario.

—Ninguno de mis amigos lo es.

Crabbin parpadeó nervioso detrás de sus gafas de pasta. Dijo como si quisiera calmar los ánimos:

—Sin embargo, a Lime le interesaba el teatro. Una amiga suya, una actriz de muchas, que está estudiando inglés en el instituto. Él pasó a recogerla un par de veces.

—¿Joven o vieja?

—Ah, joven, muy joven. No muy buena actriz, en mi opinión.

Martins recordó a la chica que se cubría la cara con las manos al lado de la tumba.

—Me gustaría conocer a cualquier amiga de Harry —dijo.

—Es probable que vaya a su conferencia.

—¿Es austriaca?

—Dice serlo, pero se me hace que es húngara. Trabaja en el Josefstadt.

—¿Por qué pretendería ser austriaca?

—Los rusos a veces se meten con los húngaros. No me sorprendería que Lime la hubiese ayudado con los documentos. La chica se hace llamar Schmidt. Anna Schmidt. ¿Se imagina a una joven actriz inglesa, para colmo bonita, que se haga llamar Smith? Siempre me ha parecido un apellido demasiado anónimo para ser de verdad.

Martins supuso que le había sacado toda la información posible a Crabbin, así que pretextó cansancio y un día largo, prometió llamar por la mañana, aceptó el equivalente de diez libras en vales para sus próximos gastos y subió a su habitación. Le pareció que estaba ganando dinero rápidamente: doce libras en menos de una hora.

Y sí que estaba cansado: se percató en cuanto se tendió en la cama con las botas puestas. En menos de un minuto abandonó Viena y se encontró caminando por un bosque denso con la nieve hasta los tobillos. Un búho ululaba, y de pronto se sintió solo y atemorizado. Se había citado con Harry bajo un árbol concreto, pero ¿cómo iba a distinguir un árbol del resto en un bosque tan denso? Entonces vio una silueta y corrió a su encuentro: esta silbaba una tonada familiar, y el corazón de Martins palpitó de alivio y de alegría al descubrir que no estaba solo. La silueta se volvió y no era Harry en absoluto, sino un desconocido que le sonreía desde un círculo de nieve sucia y derretida, mientras el búho seguía ululando. Despertó de pronto para oír el teléfono junto a su cama.

Una voz con un dejo de acento extranjero, solo un dejo, preguntó:

—¿Hablo con Rollo Martins?

—Sí.

Daba gusto ser él mismo y no Dexter.

—Usted no me conoce —dijo la voz, sin ninguna necesidad—, pero yo era amigo de Harry Lime.

También daba gusto escuchar que alguien afirmara ser amigo de Harry. Martins se sintió bien dispuesto hacia aquel desconocido.

—Sería un placer que nos viéramos —dijo.

—Estoy aquí a la vuelta, en el Old Vienna.

—¿Podríamos dejarlo para mañana? Entre una cosa y otra llevo un día terrible.

—Harry me pidió que me asegurase de que usted estuviera bien. Yo estaba con él cuando murió.

—Pensé... —dijo Rollo Martins, pero calló. Había estado a punto de decir: «Pensé que había muerto al instante», pero algo le inspiró cautela. En lugar de eso comentó—: No me ha dicho su nombre.

—Kurtz —dijo la voz—. Le ofrecería ir a verlo, pero no sé si sabe que a los austriacos no nos permiten el ingreso al Sacher's.

—A lo mejor podemos quedar en el Old Vienna por la mañana.

—Por supuesto —dijo la voz—, si de verdad está seguro de que no necesita nada hasta entonces.

—¿A qué se refiere?

—Harry tenía presente que usted llegaría sin un céntimo.

Rollo Martins se recostó en la cama con el auricular contra la oreja y pensó: «Viena es un buen destino para hacer dinero». Aquel era el tercer desconocido que le ofrecía apoyo económico en menos de cinco horas. Dijo con cautela:

—Ah, hasta entonces me puedo arreglar.

No tenía sentido declinar una buena oferta hasta saber qué clase de oferta era.

—¿Le parece a las once, en el Old Vienna de la Kärntnerstrasse? Iré vestido con un traje marrón y llevaré uno de sus libros en la mano.

—Perfecto. ¿Dónde ha conseguido un ejemplar?

—Me lo dio Harry.

La voz sonaba muy simpática y razonable, pero, después de dar las buenas noches y colgar, Martins no pudo evitar preguntarse por qué, si Harry había estado consciente poco antes de morir, no había pedido que le mandaran un telegrama para impedir su viaje. ¿No le había dicho también Callaghan que Lime había muerto al instante (¿o era sin dolor?)? ¿O él había puesto esas palabras en boca de Callaghan? En aquel momento empezó a afianzarse en su mente la idea de que había algo muy extraño en la muerte de Lime, algo que, por pura idiotez, la policía había pasado por alto. Intentó dilucidarlo por su cuenta con la ayuda de dos cigarrillos, pero acabó quedándose dormido sin cenar y con el misterio aún por resolver. Había sido un día largo, aunque no lo bastante para llegar más lejos.

IV

—Lo que me disgustó de él en cuanto lo vi —me contó Martins— fue el peluquín. Era uno de esos peluquines evidentes, chatos y amarillos, con el pelo atrás cortado bien recto sin amoldarse a la nuca. Un hombre que no acepta con dignidad la calvicie tiene *necesariamente* algo de farsante. Además, Kurtz tenía una de esas caras cuyas arrugas parecen dispuestas con cuidado, como un maquillaje, en los lugares ideales para expresar encanto y excentricidad: arrugas en el extremo de los ojos. Estaba hecho para atraer a las muchachitas románticas.

Esta conversación tuvo lugar unos días más tarde; Martins sacó a relucir toda su historia cuando ya casi no podía seguirse el rastro. Estábamos sentados en el Old Vienna a la mesa que había ocupado la primera mañana con Kurtz, y, cuando hizo aquel comentario sobre las muchachitas románticas, vi que sus ojos cansados de repente se ponían en foco. Una chica, como cualquier otra, pensé, pasaba a toda prisa bajo la fuerte nevada.

—¿Linda vista?

Volvió la mirada adentro y dijo:

—He perdido el interés para siempre. Llega un momento en la vida de un hombre, Calloway, en que se dejan esas cosas...

—Claro. Pensé que miraba a una chica.

—Y así era. Pero solo porque por un momento me recordó a Anna: Anna Schmidt.

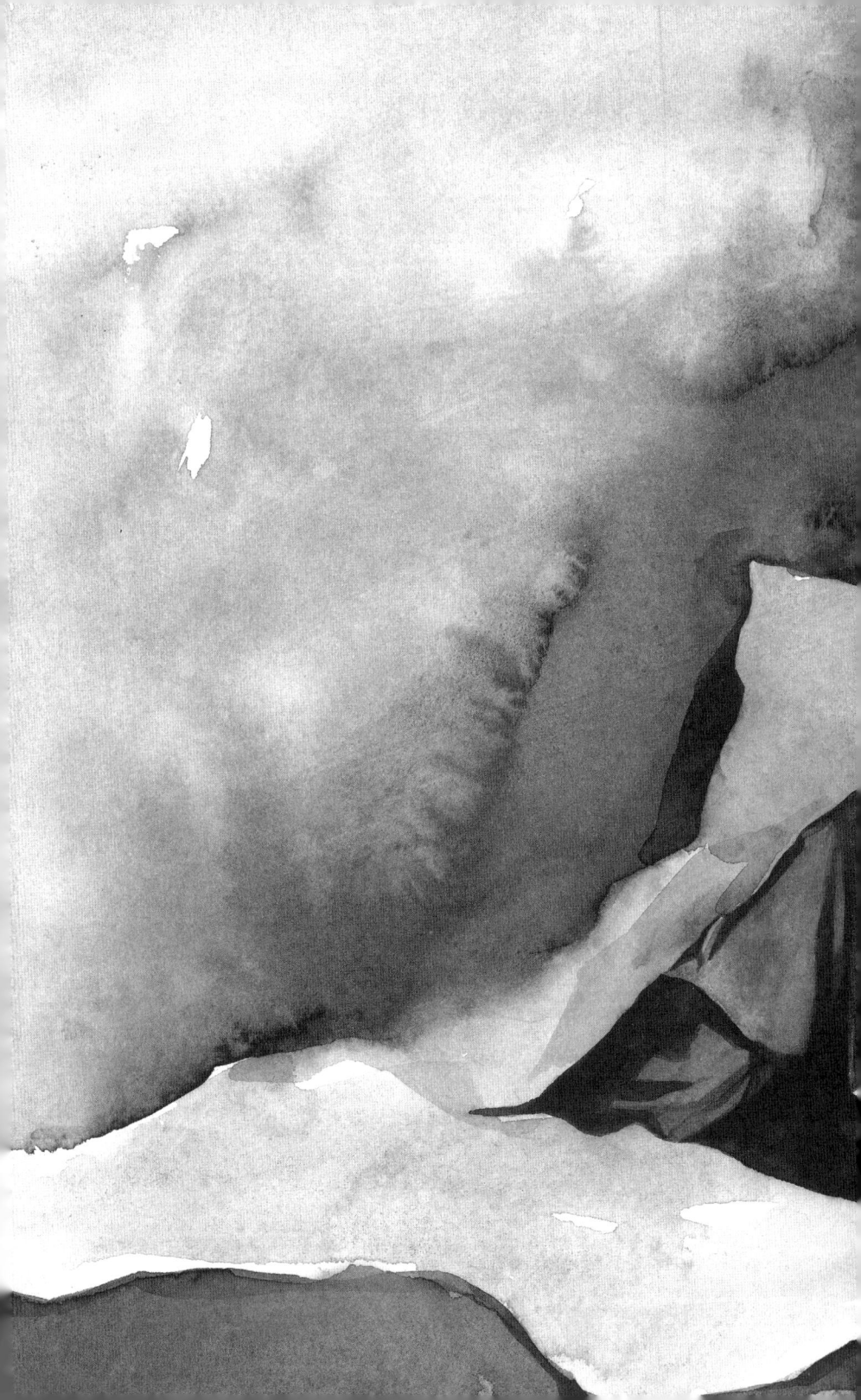

—¿A quién se refiere? ¿No es una chica?

—Bueno, sí, en cierto modo.

—¿Qué quiere decir con «en cierto modo»?

—Era la chica de Harry.

—¿Y usted va a tomar el relevo?

—No es una de esas, Calloway. ¿No la vio en el funeral? Ya no mezclo tragos. Tengo una resaca como para toda la vida.

—Me estaba hablando de Kurtz —dije.

Al parecer Kurtz lo esperaba sentado, haciendo como que leía *El llanero solitario de Santa Fé*. Cuando Martins se sentó a su mesa, dijo con un entusiasmo indescriptiblemente falso:

—Es fabuloso cómo logra mantener la tensión.

—¿La tensión?

—El suspenso. Es usted un maestro. Al final de cada capítulo se queda uno en ascuas…

—Así que usted era amigo de Harry —dijo Martins.

—Creo que su mejor amigo —dijo Kurtz, aunque añadió tras una brevísima pausa, durante la cual su cerebro debió de captar el error—: Salvo por usted, claro.

—Cuénteme cómo murió.

—Estaba con él. Salimos juntos de su casa, y Harry vio a un amigo suyo en la acera de enfrente, un americano llamado Cooler. Agitó la mano para saludarlo y empezó a cruzar la calle hacia él, pero entonces un jeep dobló a toda máquina y se lo llevó por delante. La verdad es que fue culpa de Harry, no del conductor.

—Me han dicho que murió al instante.

—Ojalá. Eso sí, murió antes de que llegara la ambulancia.

—¿Pudo decir algo, entonces?

—Sí, aunque sentía mucho dolor, pensó en usted.

—¿Y qué dijo?

—No me acuerdo de las palabras exactas, Rollo. Lo puedo llamar Rollo, ¿no? Siempre lo llamaba así delante de nosotros.

Quería que me ocupara de usted cuando llegara. Que lo atendiera. Que le comprara el billete de vuelta.

Cuando me lo contó, Martins añadió: «Como puede ver yo estaba coleccionando billetes de vuelta además de dinero».

—Pero ¿por qué no me mandaron un telegrama para que no viniera?

—Lo intentamos, pero el telegrama no debió de llegar a tiempo. Con esto de la censura y de las zonas, los telegramas a veces tardan hasta cinco días.

—¿Hubo una investigación judicial?

—Por supuesto.

—¿Sabía usted que la policía tiene la peregrina idea de que Harry estaba metido en negocios ilícitos?

—No. Pero en Viena todo el mundo anda en algo. Todos vendemos cigarrillos y cambiamos chelines por vales y cosas por el estilo. No encontrará a un solo miembro de la Comisión de Control que no se salte las normas.

—La policía se refería a algo más serio.

—A veces se hacen ideas medio absurdas —dijo con cautela el hombre del peluquín.

—Pienso quedarme aquí hasta demostrarles que se equivocan.

Kurtz volvió la cabeza con brusquedad y el peluquín se movió ligeramente. Luego dijo:

—¿De qué serviría? Nada de eso va a resucitar a Harry.

—Me propongo conseguir que echen a ese policía de Viena.

—No veo qué puede hacer.

—Pienso reconstruir los hechos desde su muerte hacia atrás. Estaban usted y ese otro tipo llamado Cooler y el conductor. Usted me podría dar sus direcciones.

—No sé la del conductor.

—Ya la sacaré de los documentos del juez de instrucción. Y además está la chica de Harry...

Kurtz dijo:

—Para ella sería muy doloroso.

—Eso no es asunto mío. Mi asunto es Harry.

—¿Sabe qué es lo que sospecha la policía?

—No. Perdí los estribos demasiado pronto.

—¿Y ha pensado —dijo Kurtz en voz baja— que a lo mejor puede descubrir algo… en fin, deshonroso para Harry?

—Me arriesgaré.

—Le llevará un buen tiempo, y necesitará dinero.

—Tiempo tengo, y usted iba a prestarme dinero, ¿no?

—No soy rico —dijo Kurtz—. Le prometí a Harry que me ocuparía de que usted tuviera todo lo necesario y de que tomara el vuelo de vuelta…

—No se preocupe por el dinero ni por el vuelo —dijo Martins—. Pero le apuesto cinco libras contra doscientos chelines que hay algo raro en la muerte de Harry.

Era un envite a ciegas, pero ya entonces sentía la fuerte corazonada de que había algo sospechoso en todo aquello, aunque aún no le hubiese asignado la palabra «asesinato». Martins se quedó mirando a Kurtz, que tenía la taza de café medio alzada hacia sus labios. Al parecer el envite resultó infructuoso; la taza subió hasta la boca y Kurtz le dio largos sorbos, haciendo un poco de ruido. Luego la posó y dijo:

—¿Qué quiere decir con «raro»?

—A la policía le resultaba muy conveniente contar con un cuerpo, pero a lo mejor eso también era bueno para los verdaderos estafadores, ¿no?

Cuando terminó de decir eso, se dio cuenta de que esa delirante afirmación, a fin de cuentas, quizá no eximía de culpa a Kurtz: ¿acaso se había quedado congelado en una actitud de calma y cautela? Las manos de los culpables no siempre tiemblan; solo en las novelas un vaso que se cae denota agitación. La tensión aflora más a menudo en los actos deliberados. Kurtz se había tomado el café como si no se hubiese dicho nada.

—Bueno… —Dio otro sorbito—. Le deseo suerte, por supuesto, aunque no creo que vaya a descubrir nada. Cualquier cosa que necesite, solo tiene que pedírmela.

—Me hace falta la dirección de Cooler.

—Claro. Déjeme que se la escriba. Aquí la tiene. Está en la zona norteamericana.

—¿Y la suya?

—Ya se la he puesto, justo debajo. Tengo la mala suerte de vivir en la zona rusa, así que no venga a verme muy tarde. A veces ocurren cosas donde vivimos. —Le regaló una de sus estudiadas sonrisas vienesas, de esas en las que la simpatía parecía cuidadosamente pintada con un fino pincel sobre las arruguitas que rodeaban su boca y sus ojos—. Llámeme —dijo—. Y si necesita ayuda… Pero me sigue pareciendo muy imprudente. —Le dio un toquecito a *El llanero solitario*—. Estoy orgulloso de haberlo conocido. Un maestro del suspenso.

Después se alisó el peluquín con una mano, mientras se pasaba la otra suavemente por la boca, borrándose la sonrisa como si nunca hubiese existido.

V

Martins tomó asiento en una silla junto a la entrada de artistas del teatro Josefstadt. Le había enviado su tarjeta a Anna Schmidt al término de la matiné, presentándose como «un amigo de Harry». Tras una galería de ventanitas con cortinas de encaje y luces que se iban apagando una a una, los artistas se preparaban para irse a casa, donde tomarían una taza de café sin azúcar y un trozo de pan sin mantequilla que les diera fuerzas para la función de la noche. Aquello parecía una callecita construida en el interior de un set de rodaje, pero aun en el interior hacía frío, aun con un buen abrigo puesto, así que Martins se levantó y empezó a caminar bajo las ventanitas. Se sentía, dijo, como un Romeo que dudase de cuál era el balcón de Julieta.

Había tenido tiempo de reflexionar y estaba tranquilo. Martins, no Rollo, iba al mando. Cuando se apagó la luz en una de las ventanas y una actriz bajó al pasillo donde él iba de un lado para otro, ni siquiera se volvió a mirarla. Había cortado con todo eso. Pensó: Kurtz tiene razón. Todos tienen razón. Me estoy portando como un idiota romántico. Le diré a Anna Schmidt unas palabras de consuelo, y luego juntaré mis cosas y me iré. Había olvidado por completo, me contó después, el asuntillo del señor Crabbin.

Cuando una voz llamó desde arriba al «señor Martins», este miró la cara que lo observaba entre las cortinas dispuestas a cosa de un par de metros por encima de su cabeza. No era una cara hermosa, me explicó con decisión, cuando lo acusé de mezclar una vez más los tragos. Solo una cara franca; cabello oscuro y ojos que parecían marrones bajo aquella luz; frente ancha, una boca grande que no intentaba seducir. En ninguno de sus rasgos, le pareció a Rollo Martins, acechaba la amenaza del repentino momento de imprudencia que sobreviene cuando el perfume de una cabellera o el tacto de una mano contra el cuerpo le cambia a uno la vida. La muchacha dijo:

—Suba, por favor. Segunda puerta a la derecha.

Hay gente, me explicó Martins con cuidado, en la que se reconoce al instante a un amigo. Uno puede relajarse con ella porque sabe que nunca, pero nunca, estará en peligro. «Así era Anna», dijo, y no me quedó claro si hablaba en tiempo pasado a propósito.

A diferencia de los camerinos de muchísimas actrices, aquel estaba casi vacío; no había un armario lleno de ropa, ni montañas de cosméticos y maquillaje teatral; solo una bata colgada en la puerta, un suéter que reconoció del Acto II echado sobre un sillón, una lata medio vacía de maquillaje y crema. Una tetera zumbaba suavemente encima de un hornillo. Dijo ella:

—¿Le apetece una taza de té? Me regalaron un paquete la semana pasada. En las noches de estrenos a veces los americanos mandan eso en lugar de flores, ¿sabía?

—Sí, me apetece —dijo él, aunque, si había algo que odiaba, era el té. Se quedó mirándola mientras lo preparaba, y lo preparaba, por supuesto, muy mal: sin dejar hervir el agua, sin calentar la tetera, con muy pocas hebras.

—Nunca he entendido por qué a los ingleses les gusta tanto el té —dijo ella.

Martins se bebió su taza rápidamente, como si fuese un medicamento, y la miró a ella mientras bebía la suya con cuidado y delicadeza.

—Realmente quería verla. Por Harry —comentó.

Había llegado el momento de la verdad; se dio cuenta de que la boca de la muchacha se empezaba a tensar.

—Usted dirá.

—Lo conocía desde hace veinte años. Éramos muy amigos. Fuimos juntos al colegio, no sé si sabe, y después… No pasaban muchos meses sin que nos viéramos…

—Cuando recibí su tarjeta —contestó ella—, no pude negarme. Pero no hay nada de qué hablar, ¿no? Nada.

—Quería saber…

—Ha muerto. No hay nada más que decir. Terminado. Todo acabó. ¿De qué sirve hablar?

—Los dos lo queríamos.

—No lo sé. No se puede saber. Yo ya no sé nada salvo…

—¿Salvo?

—Que también me quiero morir.

Martins me dijo: «En ese momento casi me marcho. ¿Qué sentido tenía atormentarla con mi descabellada idea? Pero en lugar de eso le hice una pregunta: "¿Conoce usted a un tal Cooler?"».

—¿Un americano? —preguntó ella—. Creo que era el que vino a ofrecerme dinero cuando murió Harry. Yo no quería aceptarlo, pero el tipo me dijo que a último momento Harry se había mostrado preocupado.

—Así que no murió al instante…

—No, no.

Martins me comentó: «Empecé a preguntarme por qué tenía esa idea tan arraigada en la cabeza, y entonces me di cuenta de que únicamente el hombre del edificio me había dicho que había sido así: nadie más. Le contesté: "Debió de estar lúcido hasta el final, porque también se acordó de mí. Lo cual parece indicar que en realidad no sufrió en absoluto"».

—Eso es lo que me digo todo el tiempo.

—¿Vio usted al doctor?

—Una vez. Harry me mandó a verlo. Era su médico personal. Vivía cerca, ¿sabe?

Instantánea, irracional, repentinamente, Martins vislumbró entonces, en la extraña cámara de la mente en la que se proyectan esas cosas, un lugar desierto, un cuerpo tendido en el suelo, una bandada de pájaros a su alrededor. Tal vez fuese una escena propia de uno de sus libros, aún sin escribir, formándose a las puertas de su consciencia. Luego la imagen perdió nitidez, y él pensó que era muy raro que, justo en el momento crucial, todos los amigos de Harry estuvieran juntos: Kurtz, el doctor, el tal Cooler; al parecer los únicos que faltaban eran las dos personas que lo querían. Preguntó:

—¿Y el conductor? ¿Usted oyó su declaración?

—Estaba muy afectado; tenía miedo. Pero la declaración de Cooler lo exoneraba. No fue su culpa, pobre. Muchas veces le oí a Harry decir que aquel hombre conducía con mucho cuidado.

—Pero ¿Harry también conocía al conductor?

Otro pájaro aterrizó junto a los demás en torno a la figura muda tendida cabeza abajo en la arena. Por su ropa y su postura, las de un niño dormido sobre la hierba junto a un terreno de

deporte en una
calurosa tarde de verano,
Martins se dio cuenta
de que era Harry.

Alguien llamó al otro
lado de la ventana: «Fräulein
Schmidt».

Ella comentó:

—No les gusta que nos demoremos. Es usar *su* electricidad.

Martins había abandonado la idea de ahorrarle nada. Le dijo:

—La policía afirma que iban a arrestar a Harry. Le endilgaban unos negocios ilícitos.

Ella recibió las noticias más o menos como Kurtz.

—Todo el mundo está metido en algo.

—No creo que fuera nada serio.

—No.

—Pero puede que quisieran incriminarlo. ¿Conoce usted a un tipo llamado Kurtz?

—Creo que no.

—Lleva peluquín.

—Ah.

Martins se dio cuenta de que había dado en el blanco.

—¿No le extraña que estuviesen todos juntos en el momento de la muerte? Todos conocían a Harry. Incluso el conductor, el doctor…

Ella contestó con una calma inútil:

—También lo he pensado, aunque no sabía nada de Kurtz. He llegado a preguntarme si lo habrían asesinado, pero ¿de qué sirve hacerse preguntas?

—Voy a atrapar a esos cabrones —dijo Rollo Martins.

—No servirá de nada. Tal vez la policía tiene razón. Tal vez el pobre de Harry se metió en…

«Fräulein Schmidt», dijo de nuevo la voz.

—Me tengo que ir.

—La acompaño un poco por el camino.

Era casi de noche; había parado de nevar hacía poco, y bajo la última luz de la tarde las grandes estatuas del Ring —los caballos erguidos, los carruajes y las águilas— eran de color gris cañón.

—Más vale dejarlo, olvidarse del asunto —dijo Anna.

En las aceras sin barrer, la nieve iluminada por la luna les llegaba hasta los tobillos.

—¿Me daría la dirección del médico?

—¿Para qué la quiere?

—Puede que tenga noticias de interés para usted.

—Las noticias ya no me sirven de nada.

Desde lejos, la miró subir al tranvía, con la cabeza agachada contra el viento, un oscuro signo de pregunta en medio de la nieve.

VI

El investigador aficionado tiene sobre el profesional la ventaja de no cumplir un horario. Rollo Martins no se limitaba a la jornada laboral de ocho horas: ni siquiera hacía una pausa para comer. A lo largo del primer día averiguó tanto como uno de mis hombres lo habría hecho en dos, y desde un principio nos llevaba la delantera por ser amigo de Harry. Operaba desde el centro, por así decirlo, mientras que nosotros picoteábamos en la periferia.

El doctor Winkler estaba en casa. Puede que para un agente de policía no hubiera estado. Una vez más, Martins anotó en una tarjeta la frase que abría el sésamo: «Amigo de Harry Lime».

La sala de espera del doctor Winkler le recordó una tienda de antigüedades: una especializada en objetos de arte sacro. Había más crucifijos de los que pudo contar, quizá ninguno posterior al siglo XVII. Había estatuas de madera y marfil. Había numerosos relicarios: trocitos de huesos señalados con nombres de santos y montados en marcos ovales con un fondo de papel de aluminio. De ser genuinos, pensó Martins, qué extraño destino era para un nudillo de santa Susana acabar en la sala de espera del doctor Winkler. Hasta las horrendas sillas de respaldo alto daban la impresión de haber sido el asiento de cardenales. La habitación estaba mal ventilada, y se esperaba un aroma a incienso. En un cofrecito de oro se ocultaba una astilla de la Santa Cruz. Un estornudo lo distrajo.

El doctor Winkler era el médico más limpio que Martins había visto jamás. Bajito y pulcro, iba vestido con un frac negro y una camisa de cuello alto almidonado; su bigotito negro parecía un corbatín. Volvió a estornudar: a lo mejor tenía frío de lo limpio que era. Dijo:

—¿Señor Martins?

Rollo Martins sintió el irresistible deseo de mancillar al doctor Winkler. Contestó:

—¿Doctor Winkle?

—Doctor Winkler.

—Tiene aquí una colección muy interesante.

—Sí.

—Los huesos de santos…

—Huesos de pollo y de conejo.

El doctor Winkler se sacó un amplio pañuelo blanco de la manga, casi como uno de esos magos que hacen aparecer la bandera de su país, y se sonó dos veces la nariz con pulcritud y método, tapándose una fosa nasal por vez. Se diría que iba a tirar el pañuelo tras un solo uso.

—¿Le importaría decirme a qué debo su visita, señor Martins? Me espera un paciente.

—Usted y yo éramos amigos de Harry Lime.

—Yo era su asesor médico —lo corrigió el doctor Winkler, que se quedó esperando tercamente entre los crucifijos.

—Llegué demasiado tarde para la investigación. Harry me había invitado a venir para que lo ayudara con un asunto. No sé bien con qué. Me enteré de su muerte al llegar.

—Muy triste —dijo el doctor Winkler.

—Como es natural, dadas las circunstancias quisiera saber todo lo que sea posible.

—No puedo decirle nada que no sepa ya. Lo atropelló un coche. Cuando llegué estaba muerto.

—¿Estuvo consciente en algún momento?

—Entiendo que lo estuvo durante un rato, mientras lo llevaban adentro de la casa.

—¿Con mucho dolor?

—No necesariamente.

—¿Está usted seguro de que fue un accidente?

El doctor Winkler estiró una mano para enderezar un crucifijo.

—Yo no estaba en ese momento. Mi opinión se limita a las causas de la muerte. ¿Tiene algún motivo de insatisfacción?

El aficionado tiene otra ventaja sobre el profesional: la temeridad. Puede afirmar verdades sin fundamento y plantear teorías descabelladas. Martins dijo:

—La policía acusa a Harry de estar metido en negocios ilícitos muy graves. Se me ocurre que pudieron haberlo asesinado, o que quizá se suicidara.

—No estoy capacitado para opinar —dijo el doctor Winkler.

—¿Conoce a un hombre llamado Kurtz?

—No lo creo.

—Estaba con Harry cuando murió.

—Entonces sí que lo he visto. Es el que lleva peluquín.

—Ese mismo.

El doctor Winkler no solo era el médico más limpio que Martins había conocido jamás, sino también el más cauto. Hacía afirmaciones tan limitadas que ni por un momento cabía dudar de su veracidad.

—Había un segundo hombre presente —dijo.

Daba la impresión de que, si hubiese tenido que diagnosticar un caso de escarlatina, se habría limitado a declarar que se observaba un sarpullido en la piel, que la temperatura corporal era tal y cual. Nunca le habrían podido señalar un error en una investigación.

—¿Hacía mucho que usted era el médico de Harry?

Parecía raro que Harry lo hubiese elegido; a Harry le caían bien los hombres que mostraban cierto arrojo, los hombres capaces de cometer errores.

—Más o menos un año.

—Bueno, le agradezco que me haya recibido —dijo Martins. El doctor Winkler hizo una reverencia. Cuando se inclinó se oyó un ligero crepitar, como si su camisa fuese de celuloide—. No quiero entretenerlo más. —Al girarse para salir, Martins quedó enfrente de otro crucifijo, cuya figura levantaba los brazos por encima de la cabeza: una cara alargada en una expresión de sufrimiento digna de el Greco—. Este es un crucifijo extraño —dijo.

—Jansenista —añadió el doctor Winkler, y cerró la boca abruptamente, como si se sintiese culpable de haber revelado demasiada información.

—Desconozco la palabra. ¿Por qué tiene las manos por encima de la cabeza?

El doctor Winkler dijo a regañadientes:

—Porque, para ellos, solo murió por los elegidos.

VII

Tal como yo lo veo al repasar mis expedientes, las notas de las conversaciones y las declaraciones de los distintos involucrados, hasta ese momento Rollo Martins habría podido marcharse de Viena sin ningún percance. Había demostrado una curiosidad malsana, pero se le había puesto coto a esa enfermedad a cada momento. Nadie había desvelado nada. El liso muro del engaño no había presentado ninguna grieta bajo su insistente tacto. Cuando Rollo Martins se despidió del doctor Winkler no corría peligro. Podría haber vuelto al Sacher's y haberse echado a dormir con total tranquilidad. En aquel punto, incluso podría haberle hecho una visita a Cooler sin problema. Nadie estaba realmente molesto. Por desgracia para él —y siempre habría periodos de su vida en que lo lamentaría muchísimo— eligió regresar a la casa de Harry. Quería hablar con aquel hombrecito hosco que decía haber visto el accidente. ¿O en realidad nunca había dicho tal cosa? Por un momento, sintió en la calle oscura y helada el deseo de ir directamente a ver a Cooler para completar la imagen de los siniestros pájaros posados en torno al cadáver de Harry; pero Rollo, siendo quien era, decidió echarlo a la suerte con una moneda, y la moneda favoreció la acción contraria, así como la muerte de dos hombres.

Tal vez el hombrecito, que respondía al nombre de Koch, se había tomado una copa de vino de más, o tal vez había pasado una buena jornada en el trabajo, pero lo cierto es que, cuando Rollo Martins le tocó el timbre por segunda vez, se mostró simpático y bien dispuesto a conversar. Acababa de terminar la cena y tenía migas en el bigote:

—Ah, me acuerdo de usted. Es el amigo de Herr Lime.

Recibió a Martins muy cordialmente y le presentó a una esposa enorme, a la que, era obvio, tenía muy controlada.

—Ah, en los viejos tiempos le habría ofrecido una taza de café, pero ahora…

Martins le pasó su cajetilla de cigarrillos, y el gesto fomentó aún más la atmósfera de cordialidad.

—Cuando usted vino ayer fui un poco brusco —dijo Herr Koch—. Pero tenía una ligera migraña y mi esposa había salido, así que tuve que ir yo a abrir la puerta.

—¿Dijo usted que había visto el accidente?

Herr Koch cruzó miradas con su esposa.

—La investigación ha terminado, Ilse. No pasa nada. Confía en mí. El caballero es un amigo. Sí, vi el accidente, pero usted es el único que lo sabe. Y cuando digo que lo vi, quizá debería decir que lo oí. Oí que clavaban los frenos y luego el ruido del patinazo, y me acerqué a la ventana en el momento en que transportaban el cuerpo a la casa.

—Pero ¿usted no prestó declaración?

—Más vale no inmiscuirse en asuntos así. En la oficina no pueden prescindir de mis servicios. Nos falta personal, y además no es como si yo hubiese *visto* nada…

—Pero ayer me contó cómo había ocurrido.

—Así lo describieron en los periódicos.

—¿Sabe si entonces Herr Lime sentía mucho dolor?

—Estaba muerto. Miré hacia abajo desde la ventana y vi su cara. Sé reconocer a un muerto. En cierto modo, es mi trabajo. Soy el encargado del depósito de cadáveres.

—Pero los demás dicen que no murió al instante.

—Tal vez no conocen la muerte tan bien como yo.

—Por supuesto, estaba muerto cuando llegó el médico. Me lo confirmó él mismo.

—Murió al instante. Se lo dice alguien que sabe.

—Creo que usted tendría que haber declarado, Herr Koch.

—Hay que andarse con cuidado, Herr Martins. No soy el único que tendría que haberse presentado para declarar.

—¿A qué se refiere?

—Tres personas llevaron el cuerpo de su amigo a la casa.

—Lo sé: dos hombres y el conductor.

—No, no, el conductor se quedó en su sitio. Estaba muy conmocionado, el pobre.

—Tres hombres…

Fue como si de repente, al pasar por la pared desnuda, sus dedos se hubiesen topado, no aún con una grieta, pero sí con una aspereza que los albañiles no habían logrado alisar del todo.

—¿Puede describir a esos hombres?

Por desgracia, Herr Koch no estaba entrenado para observar a los vivos: solo el del peluquín había captado su atención; los otros dos eran hombres cualesquiera, ni altos ni bajos, ni gordos ni flacos. Los había visto desde arriba, en escorzo, inclinados sobre el peso que cargaban; no habían levantado la cara, y enseguida él había apartado la vista y cerrado la ventana, pues entendió sin demora que lo más precavido era no dejarse ver.

—La verdad es que no habría tenido ninguna prueba que aportar en una declaración, Herr Martins.

Ninguna prueba, pensó Martins, ¡ninguna prueba! Ya no dudaba de que hubiesen cometido un asesinato. ¿Por qué, si no, los otros habían mentido sobre el momento de la muerte? Querían aplacar con dinero y con un billete de avión a los dos amigos que Harry tenía en Viena. ¿Y el tercer hombre? ¿Quién era?

—¿Vio usted salir a Herr Lime? —dijo.

—No.

—¿Oyó un grito?

—Solo los frenos, Herr Martins.

A Martins entonces se le ocurrió que, salvo la palabra de Kurtz, de Cooler y del conductor, en realidad nada probaba que Harry hubiera muerto en aquel preciso momento. Estaba la evidencia médica, pero esta solo probaba que Harry había muerto, por decir así, en la última media hora, y en cualquier caso la evidencia médica solo tenía el peso de la palabra del doctor Winkler: ese hombre limpio y seco que crepitaba entre los crucifijos.

—Herr Martins, se me acaba de ocurrir una idea. ¿Usted piensa quedarse en Viena?

—Sí.

—Si necesita alojamiento y habla con las autoridades pronto, a lo mejor le asignan el apartamento de Herr Lime. Es una propiedad requisada.

—¿Quién tiene las llaves?

—Yo.

—¿Podría verlo?

—Ilse, las llaves.

Herr Koch lo condujo al apartamento que había sido de Harry. En el pequeño recibidor sin luz olía a humo de cigarrillo: los cigarrillos turcos que Harry siempre fumaba. Era extraño que el aroma de un hombre perviviese entre los pliegues de una cortina tiempo después de que este se hubiese convertido en materia inerte, en gas, en putrefacción. La única luz, detrás de una pantalla recargada de cuentas, los dejó en la penumbra, buscando a tientas los picaportes.

La sala estaba despojada en exceso, a juicio de Martins. Habían arrimado las sillas a la pared; no quedaba una mota de polvo ni un papel en el escritorio sobre el que Harry sin duda escribía; el parqué reflejaba la luz como un espejo. Herr Koch abrió abrió la puerta del dormitorio: la cama parecía recién hecha con sábanas limpias. En el baño ni una hoja de afeitar usada indicaba que pocos días antes había pasado por allí un hombre vivo. Solo el recibidor oscuro y el olor a cigarrillo connotaban cierta presencia.

—Como ve —dijo Herr Koch— está casi listo para entrar a vivir. Ilse ha hecho la limpieza.

De eso no cabía duda. Tras una muerte, era de esperar que quedaran cosas. Nadie emprende el largo viaje de pronto y de improviso sin dejarse esto o aquello, sin dejar una factura por pagar, un formulario oficial incompleto, la fotografía de una chica.

—¿No había papeles, Herr Koch?

—Herr Lime siempre fue muy ordenado. Su papelera estaba llena y quedaba su maletín, pero su amigo se lo llevó.

—¿Qué amigo?

—El caballero del peluquín.

Desde luego, era posible que Lime no hubiese emprendido el viaje tan de improviso, y a Martins se le ocurrió que tal vez esperaba volver a tiempo para echar una mano. Le dijo a Koch:

—Creo que mi amigo fue asesinado.

—¿Asesinado? —La palabra extinguió la cordialidad de Herr Koch, que añadió—: No lo habría invitado a pasar de haber sabido que diría semejantes tonterías.

—¿Por qué tonterías?

—En esta zona no hay asesinatos.

—En todo caso, su declaración podría ser valiosa.

—No tengo nada que declarar. No vi nada. El asunto no es de mi incumbencia. Y ahora le ruego que se vaya. Ha sido usted muy desconsiderado. —Herr Koch se apresuró a llevar de vuelta a Martins al recibidor, donde el olor del humo se estaba disipando un poco. Lo último que dijo antes de dar un portazo en su apartamento fue—: No es de mi incumbencia.

¡Pobre Herr Koch! No elegimos lo que nos incumbe. Más tarde, cuando interrogué a Martins a fondo, le pregunté:

—¿Vio usted a alguien en las escaleras o fuera, en la calle?

—A nadie.

Le habría convenido recordar a cualquier viandante que pasara por casualidad, así que le creí. Solo me dijo:

—Me asombró lo tranquila y muerta que estaba la calle entera. Una parte fue bombardeada, como sabrá, y la luna brillaba sobre la nieve amontonada. De verdad el silencio lo invadía todo. Podía oír el ruido de mis pasos en la nieve.

—Por supuesto, eso no prueba nada. Cualquiera que lo hubiese seguido podría haberse ocultado en el sótano del edificio.

—Cierto.

—O quizá usted me está contando una historia totalmente falsa.

—Cierto.

—El problema es que no veo por qué haría tal cosa. Es verdad que es culpable de obtener dinero con engaños. Vino a encontrarse con Lime, quizá a echarle una mano...

Martins me respondió:

—¿Cuál era ese negocio ilegal al que no para de aludir?

—Le habría dado los detalles la primera vez que nos vimos si usted no hubiese perdido los estribos tan pronto. Ahora no creo que sea prudente. Le estaría revelando información confidencial, y para serle sincero sus contactos no me inspiran mucha confianza. Una chica con documentos falsos proporcionados por Lime, ese tal Kurtz...

—Y el doctor Winkler...

—No tengo nada en contra del doctor Winkler. En cualquier caso, si usted me está mintiendo, no necesita la información, pero puede que le sirviera estar al tanto de qué es lo que sabemos exactamente. La verdad es que no tenemos todos los datos...

—Ya lo creo que no. Yo podría inventar un mejor inspector que usted mientras me doy un baño.

—Su estilo literario no le hace justicia a su tocayo.

Cada vez que se le recordaba al señor Crabbin, aquel pobre y agobiado representante del British Council, Rollo Martins se ruborizaba en señal de molestia, de incomodidad y de vergüenza. Esa reacción también me inspiraba confianza.

No cabe duda de que Martins le había hecho pasar a Crabbin horas de desazón. Al regresar al hotel Sacher's después de su encuentro con Herr Koch, se había encontrado con una nota desesperada de parte del representante.

Llevo todo el día tratando de localizarlo —escribió Crabbin—. Es esencial que nos reunamos para acordar el programa de sus actividades. Esta mañana he concertado por teléfono conferencias en Innsbruck y Salzburgo para la semana que viene, pero necesito su aprobación de los temas a fin de que se impriman los programas de mano. Le propondría dos conferencias: «La crisis de la fe en Occidente» (aquí se lo respeta mucho como escritor cristiano, pero esta conferencia no debería ser nada política, y no puede hacerse ninguna referencia a Rusia ni al comunismo) y «Las técnicas de la novela contemporánea». Las mismas conferencias se ofrecerán en Viena. Además, aquí hay mucha gente a la que le gustaría conocerlo, y quisiéramos organizar un cóctel a principios de la semana que viene. Pero necesito consultar todo esto con usted.

La misiva terminaba con una nota de gran intranquilidad:

Mañana por la tarde asistirá al debate, ¿verdad? Todos lo esperamos a las 20.30, y por supuesto estamos ansiosos por verlo. Enviaré un coche a recogerlo en el hotel a las 20.15 en punto.

Rollo Martins leyó la nota y, sin molestarse más por el señor Crabbin, se fue a la cama.

VIII

Después de beberse dos copas, Rollo Martins siempre orientaba la mente hacia las mujeres; lo hacía de un modo indefinido, sentimental, romántico, considerándolas en cuanto sexo, en general. A las tres copas, como un piloto que se echa en picado en busca de dirección, empezaba a centrarse en alguna chica disponible. Si Cooler no le hubiera ofrecido una tercera copa, puede que no hubiese ido tan pronto a casa de Anna Schmidt, y si… pero hay demasiados «si» en mi manera de escribir. Mi profesión exige que se sopesen posibilidades, con lo que me refiero a las humanas, porque en un expediente policial nunca se debe dar cabida a la fuerza del destino.

Martins dedicó la hora del almuerzo a repasar los informes de la investigación judicial, demostrando una vez más la superioridad del aficionado sobre el profesional, pero también volviéndose vulnerable al alcohol que le ofrecería Cooler (y que el profesional estaría obligado a rechazar en aras del deber). Daban casi las cinco de la tarde cuando llegó a casa de Cooler, una vivienda situada en la zona estadounidense, encima de una heladería: el local rebosaba de soldados con sus chicas, y el tintineo de las cucharitas y las extrañas risas despreocupadas e inmaduras lo siguieron escaleras arriba.

El típico inglés al que le caen mal los estadounidenses suele hacer una excepción con gente como Cooler: un hombre canoso y mal peinado, con expresión preocupada y ojos de hipermétrope, de esas personas humanitarias que aparecen en una epidemia de tifus o en una guerra mundial o en una hambruna china mucho antes de que sus compatriotas descubran en un atlas dónde queda el lugar en cuestión. Una vez más la tarjeta con las señas «amigo de Harry» funcionó como billete de entrada. Cooler llevaba su uniforme de oficial, con unas misteriosas letras en su insignia y sin galones, aunque la asistenta lo llamó «coronel Cooler». Su firme apretón de manos fue lo más caluroso que Martins había encontrado en Viena.

—Cualquier amigo de Harry es bienvenido —dijo Cooler—. Y sé quién es usted, claro.

—¿Harry le habló de mí?

—Soy un gran lector de westerns —dijo Cooler, y Martins le creyó como no le había creído a Kurtz.

—Quería pedirle… porque usted estuvo presente, ¿no?, que me contara sobre la muerte de Harry.

—Fue horrible —dijo Cooler—. Yo crucé la calle. Harry y el señor Kurtz estaban enfrente. Si yo no hubiera empezado a cruzar, a lo mejor él se hubiera quedado quieto. Pero me vio y salió a mi encuentro y entonces el jeep… Fue horrible, horrible. El conductor clavó los frenos, pero no sirvió de nada. Tómese un whisky conmigo, señor Martins. Es ridículo, pero me afecta mucho pensar en este asunto —dijo mientras echaba un chorro de soda—. A pesar de este uniforme, nunca había visto morir a nadie.

—¿El otro hombre iba en el coche?

Cooler dio un buen sorbo y luego pareció medir con sus ojos cansados y amables cuánto quedaba en el vaso.

—¿A qué hombre se refiere, señor Martins?

—Me han dicho que había otro hombre.

—No sé de dónde saca esa idea. Lo verá todo en los informes de la investigación. —Sirvió dos generosas copas más—. Éramos tres: el señor Kurtz, el conductor y yo. Y el médico, claro. Supongo que se refiere al médico.

—Hablé con un hombre que casualmente miró por la ventana… vivía al lado de Harry… y me dijo que vio a tres hombres además del conductor. Y eso fue antes de que llegara el médico.

—No dijo eso en los tribunales.

—No quería meterse donde no lo llamaban.

—A estos europeos no hay quien les enseñe a ser buenos ciudadanos. Era su deber. —Cooler se quedó mirando pensativamente su vaso—. Pero es curioso esto de los accidentes, señor Martins. Nunca hay dos informes que coincidan. De hecho, incluso el señor Kurtz y yo no estábamos de acuerdo en cuanto a algunos detalles. Todo ocurre tan rápido, nadie está prestando atención, y entonces pum, y más tarde hay que reconstruir, recordar. Supongo que me enredé mucho intentando ordenar qué vino primero y qué pasó después como para recalcar que éramos cuatro.

—¿Cuatro?

—Contando a Harry. ¿Qué más vio ese hombre, señor Martins?

—Nada de interés, salvo que según él Harry estaba muerto cuando lo llevaron a la casa.

—Bueno, se estaba muriendo. No hay mucha diferencia. ¿Le sirvo otro, señor Martins?

—No, creo que mejor no.

—Bueno, a mí sí me apetece. Le tenía mucho aprecio a su amigo, señor Martins, y no me gusta hablar del tema.

—Quizá le acepte el último, para acompañarlo. ¿Conoce usted a Anna Schmidt? —preguntó Martins, mientras el whisky le hacía cosquillas en la lengua.

—¿La chica de Harry? Solo la vi una vez. A decir verdad, ayudé a Harry a conseguirle documentos. Supongo que no debería confesarle algo así a un desconocido, pero a veces hay que romper las reglas. La humanidad también es un deber.

—¿Qué pasaba?

—Era húngara y, según decían, su padre había sido nazi. Tenía miedo de que se la llevaran los rusos.

—¿Y por qué querrían hacer algo así?

—No siempre entendemos por qué salen con estas cosas. Tal vez quisieran demostrarle que no está bien ser tan amiga de un inglés.

—Pero ella vive en la zona británica.

—No sería un obstáculo. Queda a solo cinco minutos en jeep de la Commandatura. Las calles están mal alumbradas, y no hay mucha policía en los alrededores.

—Usted le llevó un dinero de parte de Harry, ¿no?

—Sí, pero no es algo que vaya contando. ¿Se lo dijo ella?

En ese momento sonó el teléfono, y Cooler apuró el vaso. «Hola», dijo. «Sí, sí, habla el coronel Cooler». A continuación se sentó con el auricular en la oreja, con una triste expresión de paciencia, mientras una voz lejanísima se colaba en la habitación. «Sí», dijo otra vez. «Sí». Sus ojos se detuvieron en la cara de Martins, pero parecían mirar mucho más allá: chatos y cansados y amables, era como si otearan el horizonte del mar. Dijo: «Bien hecho», en tono de felicitación, y luego, con un dejo de malhumor: «Por supuesto que se entregarán. Les di mi palabra. Adiós».

Colgó y se pasó una mano cansada por la frente. Era como si intentara recordar algo que se le escapaba. Martins le preguntó:

—¿Sabe algo del negocio ilegal del que habla la policía?

—Disculpe, ¿cómo dice?

—Cuentan que Harry estaba metido en negocios sucios.

—Ah, no —contestó Cooler—. No, sería imposible. Tenía un gran sentido del deber.

—Al parecer, Kurtz cree que era posible.

—Kurtz no entiende el sentir anglosajón —contestó Cooler.

IX

Caía la noche cuando Martins empezó caminar por la orilla del canal: al otro lado de las aguas se hallaban los baños de Diana medio destruidos, y a lo lejos se cernía sobre las casas en ruinas el gran círculo negro de la noria del Prater. En la misma dirección, más allá de la corriente gris, estaba el segundo distrito, que era propiedad rusa, y la iglesia de San Esteban clavaba su enorme flecha herida en el cielo de la Innere Stadt. Al subir por la Kärntnerstrasse, Martins pasó delante del portal iluminado de la comisaría de la Policía Militar. Cuatro hombres de la Patrulla Internacional estaban subiendo a su jeep; el oficial ruso se sentó junto al conductor (ese día los rusos habían tomado las riendas por las cuatro semanas siguientes) y detrás subieron el inglés, el francés y el estadounidense. El tercer whisky puro bullía en el cerebro de Martins, que se puso a pensar en una chica de Ámsterdam y luego en la de París; la soledad avanzaba por la concurrida acera que se abría a su lado. Al llegar a la esquina donde se hallaba Sacher's, siguió de largo. Rollo, que iba al mando, puso rumbo hacia la única chica que conocía en Viena.

Le pregunté cómo sabía dónde vivía. Ah, la noche anterior, dijo, ya en la cama, había buscado en un mapa la dirección que ella le había dado. Quería poder orientarse, y se manejaba bien con los mapas. Era capaz de memorizar cruces y nombres de calles fácilmente porque siempre recorría a pie los caminos de ida.

—¿Los caminos de ida?

—Cuando voy a ver a una chica o a alguien.

Al acercarse no podía saber, claro, que ella estaría en casa, que esa noche no tenía función en el Josefstadt, aunque quizá hubiese memorizado esa información. Lo cierto es que estaba en casa, si podía llamarse «estar en casa» a quedarse sentada en un cuarto sin calefacción, donde solo había una cama disfrazada de diván y una mesa demasiado fina de madera contrachapada con un texto teatral encima, abierto en la primera página; pero su mente se hallaba muy lejos de «casa». Martins le dijo con aire incómodo (y nadie, ni siquiera Rollo, habría podido determinar hasta dónde la incomodidad formaba parte de su técnica):

—Se me ocurrió venir a ver cómo estaba. Pasaba por aquí…

—¿Pasaba? ¿Hacia dónde?

Había caminado una buena media hora desde la Innere Stadt hasta el perímetro de la zona inglesa, pero siempre tenía una respuesta preparada:

—Bebí demasiado whisky con el coronel Cooler. Necesitaba estirar las piernas y me descubrí caminando por esta zona.

—Aquí no puedo ofrecerle un trago. Excepto té. Queda un poco del paquete de la otra vez.

—No, muchas gracias —dijo él—. Estás ocupada —añadió mirando el texto.

—No he pasado de la primera réplica.

Martins levantó las páginas y leyó: «*Entra Louise.* Louise: He oído el llanto de un niño».

—¿Puedo quedarme un rato? —preguntó con una amabilidad que era más de Martins que de Rollo.

—Sí, por favor.

Martins se dejó caer en el diván y, según me contó mucho después (porque los amantes reconstruyen los detalles más ínfimos si encuentran a alguien que los escuche), fue en ese momento cuando realmente la vio por segunda vez. Allí de pie, con un par de viejos pantalones de franela mal remendados en los fondillos, Anna daba la impresión de estar tan incómoda como él; se tenía con las piernas bien separadas como si fuera a enfrentarse a alguien, resuelta a no ceder terreno, una silueta pequeña pero bastante fornida, cuya gracia había quedado bien doblada y guardada para uso profesional.

—¿Ha sido un mal día? —preguntó él.

—Últimamente siempre lo son —explicó ella—. Harry venía de visita, y, cuando oí el timbre, por un momento pensé… —Se sentó en una silla enfrente de él y siguió—: Di algo, por favor. Tú lo conocías. Cuéntame lo que sea.

Así que él le habló. El cielo se fue oscureciendo en la ventana mientras lo hacía. Al cabo de un rato se dio cuenta de que sus manos se habían unido. Me comentó a mí:

—No era mi intención enamorarme, no de la chica de Harry.

—¿Cuándo sucedió? —le pregunté.

—Hacía mucho frío y me levanté para correr las cortinas. Solo noté que mi mano estaba encima de la suya al retirarla. Cuando me puse de pie la miré a los ojos desde arriba y también ella estaba mirándome. No tenía una cara hermosa; allí estaba el problema. Era una cara con la que se podía convivir día a día, una cara a la que acostumbrarse. Me sentí como si acabase de llegar a un país nuevo cuyo idioma ignoraba. Hasta entonces había pensado que de una mujer se adoraba la belleza. Me quedé junto a las cortinas, esperando antes de correrlas, mirando hacia fuera. No veía nada salvo mi cara, mirando de vuelta hacia la habitación en busca de ella, que entonces dijo:

—¿Y qué hizo Harry esa vez?

—Y yo quería contestarle: «Al diablo con Harry. Ha muerto. Los dos lo queríamos, pero ha muerto. A los muertos hay que olvidarlos». En lugar de eso, claro, me limité a decir: «¿Qué crees?

Solo silbó la tonada de siempre como si no pasara nada». Y se la silbé tan bien como pude. La oí quedarse sin aliento, me volví y, sin pararme a pensar siquiera en si era lo adecuado, la mejor carta, la táctica correcta, le dije: «Está muerto. No puedes pasarte la vida recordándolo».

—Lo sé, pero podría pasar cualquier otra cosa —dijo ella entonces.

—¿Qué quieres decir con «podría pasar cualquier otra cosa»?

—Nada, que a lo mejor habrá otra guerra, o me moriré o me secuestrarán los rusos.

—Con el tiempo lo olvidarás. Volverás a enamorarte.

—Lo sé, pero no quiero. ¿No ves que no quiero?

Así que Rollo Martins se alejó de la ventana y volvió a sentarse en el diván. Al levantarse medio minuto antes, había sido el amigo de Harry que consolaba a la chica de Harry; ahora era el enamorado de Anna Schmidt, que había estado enamorada de un hombre al que los dos llamaban Hary Lime. Esa noche no volvió a hablar del pasado. En lugar de eso, le contó a ella a quienes había visto.

—Me creería cualquier cosa sobre Winkler —le dijo—, pero Cooler me cayó bien, sin duda. Fue el único de los amigos de Harry que lo defendió. El problema es que, si Cooler tiene razón, Koch se equivoca, y por ese lado pensé que había descubierto algo.

—¿Quién es Koch?

Le explicó que había vuelto a la casa de Harry y le describió la conversación con Koch, así como la historia sobre el tercer hombre.

—Si eso es cierto —dijo ella—, es muy importante.

—No prueba nada. A fin de cuentas, Koch evitó la investigación; el hombre desconocido podría hacer lo mismo.

—Eso da igual —dijo ella—. Lo importante es que los otros mintieron: Kurtz y Cooler.

—A lo mejor mintieron para no causarle molestias a ese tipo, si es que era un amigo.

—Otro amigo, justo en ese lugar. ¿Y dónde queda entonces la honestidad de Cooler?

—¿Qué podemos hacer? Koch se negó de plano a seguir hablando y me echó de su casa.

—A mí no me echará —dijo ella—, o su mujer no lo hará.

Emprendieron juntos el largo camino hacia el apartamento; la nieve se les adhería a los zapatos y los obligaba a moverse lentamente, como convictos impedidos por grilletes de hierro.

—¿Falta mucho? —preguntó Anna Schmidt.

—Ya queda menos. ¿Ves aquel montón de gente calle arriba? Es ahí—. El grupo semejaba un manchurrón de tinta en la blancura, un manchurrón que manaba, cambiaba de forma y se extendía. Cuando se acercaron un poco, Martins dijo—: Me parece que están a la entrada de su edificio. ¿Qué crees que serán, una manifestación política?

Anna Schmidt se detuvo y dijo:

—¿A quién más le has hablado de Koch?

—Solo a ti y al coronel Cooler. ¿Por qué?

—Tengo miedo. Me recuerda a... —Los ojos de Anna Schmidt se clavaron en la multitud, y él se quedó sin saber qué recuerdo de su borroso pasado resurgía a manera de advertencia—. Vámonos —le imploró ella.

—Estás loca. Estamos por descubrir algo, algo importante...

—Te espero aquí.

—Pero tú tienes que hablar con Koch.

—Primero averigua quién es esa gente... —Extrañamente, para ser alguien que trabajaba bajo las candilejas, añadió—: No soporto las muchedumbres.

Martins siguió adelante solo, con los tacos recubiertos de nieve. Puesto que nadie pronunciaba un discurso, no se trataba de

una reunión política. Le dio la impresión de que las cabezas se volvían para mirarlo mientras se acercaba, como si esperasen a alguien. Al llegar al borde del grupo, supo a ciencia cierta que se hallaba en el edificio correcto. Un hombre se lo quedó mirando y preguntó:

—¿Es usted uno de ellos?

—¿A qué se refiere?

—A la policía.

—No. ¿Qué hacen?

—Llevan todo el día entrando y saliendo.

—¿Y por qué está todo el mundo esperando?

—Quieren ver cuando lo traigan.

—¿A quién?

—A Herr Koch.

A Martins se le ocurrió entonces que quizá se había descubierto la renuencia de Herr Koch a prestar declaración, aunque no le parecía que eso fuese un asunto policial.

—¿Qué ha hecho? —preguntó.

—Aún no se sabe. Los de dentro tienen dudas: puede que haya sido suicidio, o puede que haya sido un asesinato.

—¿Han matado a Herr Koch?

—Por supuesto.

Un niño se acercó a su informante y le tiró de la mano.

—Papá, papá.

Llevaba un gorro de lana, como un pequeño gnomo; tenía la cara aterida y morada por el frío.

—Sí, pequeño, ¿qué pasa?

—Los he oído hablar entre la reja, papá.

—Ah, qué pillín eres. Dinos qué has oído, Hansel.

—He oído a Frau Koch llorando, papá.

—¿Y nada más, Hansel?

—Sí. He oído al señor grandote decir algo, papá.

—Ah, si serás pillín. Cuéntale a papá lo que decían.

—El señor dijo: «¿Puede decirme qué aspecto tenía el extranjero, Frau Koch?».

—Ja, ja, ja, ¿lo ve? Creen que ha sido un asesinato. Y quién sabe si se equivocan. ¿Por qué se iba a cortar la garganta él mismo en el sótano?

—Papá, papá.

—¿Sí, pequeño Hansel?

—A través de la reja he visto sangre encima del coque.

—¡Si serás! ¿Y cómo sabes que era sangre? La nieve se cuela en todas partes. —El hombre se volvió hacia Martins y dijo—: El niño tiene mucha imaginación. Tal vez cuando crezca será escritor.

La carita aterida miró con solemnidad a Martins, y el niño dijo:

—Papá.

—¿Sí, Hansel?

—El señor también es extranjero.

El hombre soltó una risotada que provocó que una docena de cabezas se volvieran.

—¿Lo ha oído usted, señor, lo ha oído? —dijo con orgullo—. Cree que usted es el culpable porque es extranjero. Como si hoy en día no hubiera más extranjeros en Viena.

—Papá, papá.

—¿Sí, Hansel?

—Ya salen.

Había un grupo de policías a los lados de la camilla cubierta, y la bajaban por los escalones con cautela, por miedo a resbalar en la nieve compacta. El hombre informó:

—Las ambulancias no pueden entrar en esta calle por las ruinas. Tienen que cargarlo hasta doblar la esquina.

Frau Koch salió al final de la procesión; llevaba un chal en torno a la cabeza y un viejo abrigo de arpillera. Su robusta silueta recordaba a la de un muñeco de nieve al hundirse en el montículo acumulado al borde de la acera. Cuando alguien le echó una mano, se volvió a mirar con expresión perdida y desesperada a la multitud de desconocidos. Si entre estos había amigos, no los reconoció al mirar de cara en cara. Martins se agachó para atarse los cordones cuando ella pasó, pero al alzar la vista vio a la altura de sus propios ojos la mirada del pequeño Hansel, escrutadora y fría como la de un gnomo.

Al remontar la calle hacia Anna, volvió la cabeza una vez. El niño tiraba de la mano de su padre, y podía verse que sus labios formaban aquellas sílabas que recordaban el macabro estribillo de una balada: «Papá, papá».

Martins le dijo a Anna:

—Han asesinado a Koch. Vámonos.

Empezó a caminar todo lo rápido que se lo permitía la nieve hasta doblar una esquina y luego otra. Las sospechas y la vigilancia del niño parecían cernirse sobre la ciudad como una nube; les era imposible andar lo bastante deprisa para esquivar su sombra. No prestó atención cuando Anna le dijo:

—Entonces lo que decía Koch era cierto. Sí que había un tercer hombre. —Tampoco le hizo caso cuando añadió poco después—: Tiene que haber sido un asesinato. No se mata a un hombre para ocultar algo menos grave.

Los tranvías relucían como carámbanos al final de la calle; habían llegado de nuevo al Ring. Martins dijo:

—Más vale que vuelvas a casa sola. Esperaré para contactarte hasta que se aclare el asunto.

—Pero nadie va a sospechar de ti.

—Están preguntando por el extranjero que visitó ayer a Koch. Puede que las cosas se pongan feas.

—¿Por qué no acudes a la policía?

—Son unos idiotas. No me fío de ellos. Ya ves lo que le querían endilgar a Harry, y además traté de pegarle a Callaghan. Me la tienen jurada. Como mínimo me expulsarían de Viena. Pero, si mantengo un perfil bajo, solo una persona podría delatarme. Cooler.

—Y no querrá hacerlo.

—No si es culpable. Pero me cuesta creer que lo sea.

Antes de despedirse, ella le dijo:

—Ten cuidado. Koch sabía muy poco y lo han asesinado. Tú sabes lo mismo que Koch.

La advertencia se le quedó grabada durante todo el camino hasta Sacher's: después de las nueve las calles están muy vacías, y volvía la cabeza al oír cualquier paso en sordina remontar la calle a sus espaldas, como si el tercer hombre al que habían protegido tan despiadadamente lo estuviera siguiendo en el papel de verdugo. El guardia ruso apostado fuera del Gran Hotel parecía rígido del frío, pero era humano, tenía cara, una cara honesta de ojos mongoles. El tercer hombre carecía de rostro: solo la parte de arriba de una cabeza vista desde una ventana. En Sacher's, el señor Schmidt dijo:

—Ha venido el coronel Calloway a preguntar por usted, señor. Creo que lo encontrará en el bar.

—Vuelvo en un momento —dijo Martins y salió de nuevo del hotel: quería ganar tiempo para pensar. Pero, en cuanto puso un pie en la calle, un hombre se le acercó, se tocó la gorra y dijo con firmeza: «Acompáñeme, señor». Luego abrió la puerta de un camión color caqui con la bandera británica en el parabrisas e instó a Martins a subir. Martins se rindió sin rechistar; estaba seguro de que, tarde o temprano, empezarían las investigaciones; el optimismo que había mostrado ante Anna Schmidt era fingido.

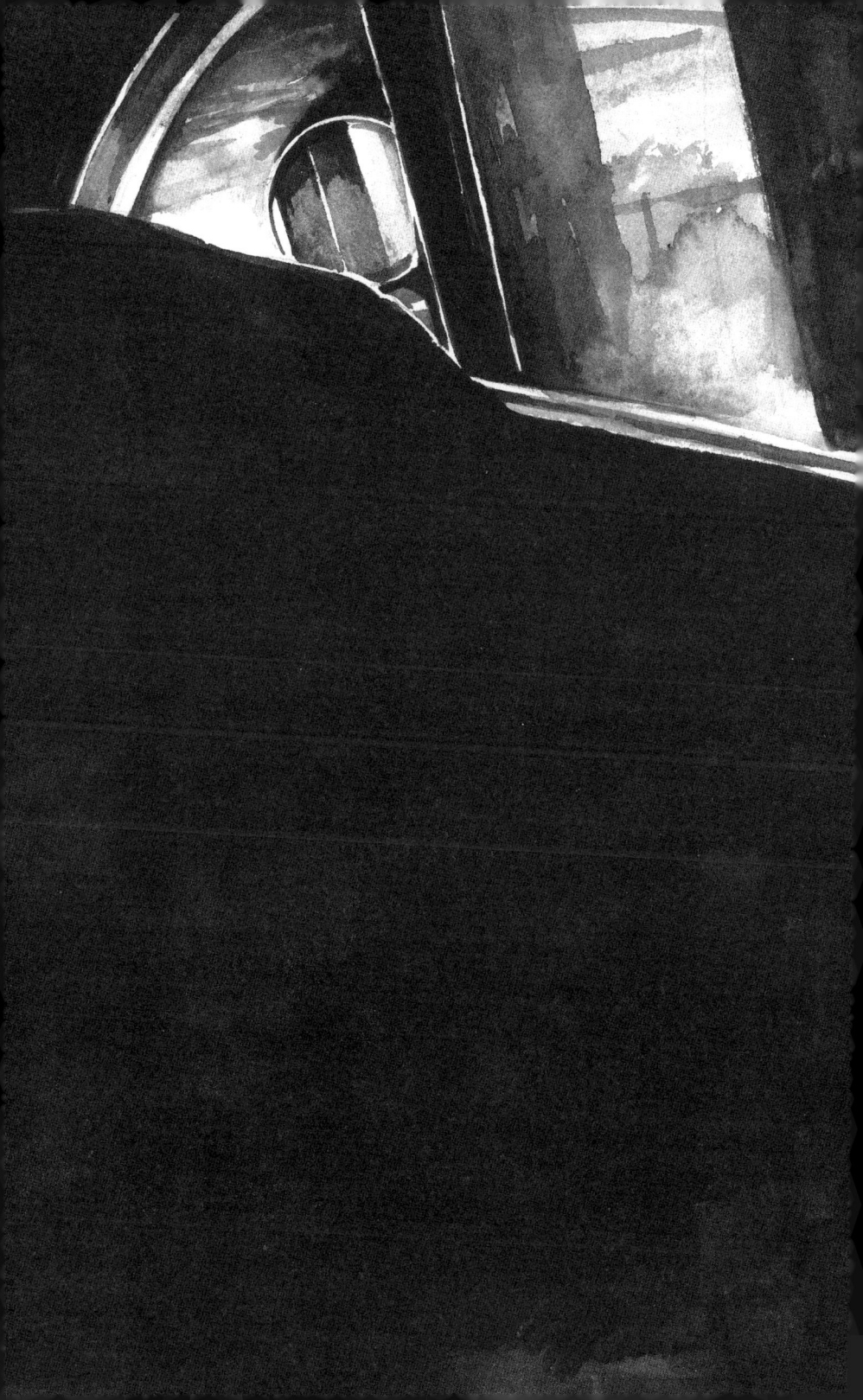

El conductor aceleró hasta alcanzar una velocidad poco segura para la calle helada, y Martins protestó. Por toda respuesta recibió un gruñido hosco y una frase pronunciada a media voz que contenía la palabra «órdenes».

—¿Tiene órdenes de matarme? —preguntó Martins en tono de burla, y no hubo respuesta. Llegó a ver a los titanes de Hofburg, que sostenían grandes bolas de nieve encima de sus cabezas, y luego el coche se internó en unas callecitas mal alumbradas, donde perdió todo sentido de la orientación.

—¿Vamos lejos?

Pero el conductor no le hizo caso. Al menos, pensó Martins, no me han arrestado; no han enviado a un guardia; se trata de una invitación. ¿No fue esa la palabra que utilizaron? Que me pasara por la comisaría para declarar.

El coche se detuvo delante de un edificio, y el conductor lo guio escaleras arriba dos plantas; tocó el timbre junto a una gran puerta doble, y Martins cobró conciencia de las muchas voces que conversaban al otro lado. Se volvió de golpe hacia el conductor y dijo: «¿Qué demonios?», pero el conductor ya estaba bajando las escaleras, y la puerta estaba abriéndose. Los ojos de Martins, acostumbrados a la oscuridad, quedaron encandilados por las luces del interior; oyó, aunque apenas pudo ver, la llegada de Crabbin.

—Ah, señor Dexter, estábamos muy preocupados. Pero más vale tarde que nunca. Permítame que le presente a la señorita Wilbraham y a la condesa von Meyersdorf.

Un bufé lleno de tazas de café; una gran cafetera humeante; un rostro de mujer perlado por el esfuerzo; dos jóvenes con la expresión feliz e inteligente de los alumnos de bachillerato; y, apiñados en el fondo, como las caras de un álbum familiar, numerosos rasgos ajados, viejunos, serios y joviales de lectores diligentes. Martins miró atrás, pero la puerta se había cerrado.

Le dijo desesperadamente al señor Crabbin:

—Lo siento, es que…

—No se haga problema —contestó el señor Crabbin—. Una taza de café y pasamos directamente al debate. Hoy contamos con un muy buen público. Sacarán lo mejor de usted, señor Dexter.

Uno de los jóvenes le puso una taza en la mano, y el otro le echó una cucharada de azúcar antes de que pudiera decirle que lo prefería amargo. El más joven le susurró al oído:

—¿Le importaría firmarme después uno de sus libros, señor Dexter?

Una mujer corpulenta vestida de seda negra se le echó encima y afirmó:

—Me da igual que me oiga la condesa, señor Dexter, pero no me gustan sus libros. No me parecen bien. Yo creo que una novela tiene que contar una buena historia.

—Yo también —dijo Martins, desconcertado.

—A ver, señora Bannock, espere a la ronda de preguntas y respuestas.

—Sé que soy categórica, pero estoy segura de que el señor Dexter aprecia la franqueza en la crítica.

Una anciana, que supuso que sería la condesa, dijo:

—Yo no leo muchos libros en inglés, señor Dexter, pero tengo entendido que los suyos…

—¿Le importaría apurar el café? —preguntó Crabbin, y lo hizo pasar enseguida a una sala interior donde había numerosos ancianos sentados en semicírculo con aire de triste paciencia.

Martins no supo contarme mucho sobre el encuentro; su mente seguía aturdida por la muerte; al levantar la vista, esperaba de un momento a otro ver al pequeño Hansel y oír su insistente y fatua cantinela: «Papá, papá». Al parecer Crabbin dio comienzo al acto, y, conociéndolo, estoy seguro de que pintó una estampa muy lúcida, muy justa e imparcial de la novela inglesa contemporánea.

Muchas veces le he escuchado dar esa charla, cuya única variación es el foco que pone en la obra del invitado inglés de turno. Habrá abordado con ligereza distintos problemas técnicos —el punto de vista, el paso del tiempo— y luego habrá declarado que se abría la sesión de preguntas y respuestas.

A Martins se le escapó por completo la primera pregunta, pero por suerte Crabbin llenó el hueco y la contestó satisfactoriamente. Una mujer que llevaba un sombrero marrón y una estola de piel en torno al cuello dijo con apasionado interés:

—¿Puede preguntarle si tiene una nueva obra entre manos?

—Ah, sí, sí.

—¿Se puede saber el título?

—*El tercer hombre* —dijo Martins, que ganó una falsa seguridad por haber salvado ese obstáculo.

—Señor Dexter, ¿podría decirnos cuál es el autor que más lo ha influido?

Sin pensarlo, Martins respondió:

—Grey.

Se refería, por supuesto, al autor de *Los jinetes de la pradera roja*, y le dio gusto ver que su respuesta complacía a todo el mundo, salvo a una anciana austriaca que preguntó:

—¿Grey, qué Grey? No conozco ese nombre.

—Zane Grey; no sé de ningún otro —respondió Martins con seguridad, pero quedó confundido al oír las risas apagadas y sumisas de la comunidad inglesa.

Crabbin se apresuró a aclararle a los austriacos:

—Es un chascarrillo del señor Dexter. Se refería al poeta Gray: un talento amable, atemperado y sutil. Se nota la afinidad.

—¿Y ese también se llama Zane Grey?

—Ese es el chiste que ha hecho el señor Dexter. Zane Grey escribió lo que llamamos westerns: novelitas populares y baratas sobre bandidos y vaqueros.

—¿No es un gran escritor?

—No, no. En absoluto —dijo el señor Crabbin—. En rigor, yo ni siquiera lo llamaría «escritor». —Martins me contó que fue al oír esa afirmación cuando empezó a mosquearse. Nunca se había considerado un escritor, pero le molestó la confianza en sí mismo que exhibía Crabbin; incluso el modo en que la luz se reflejaba en sus gafas le pareció un motivo adicional de irritación. Crabbin añadió—: Era solo un artista popular.

—¿Y por qué cuernos no lo llamaría «escritor»? —dijo Martins con vehemencia.

—Bueno, en fin, solo quería decir…

—¿Qué cosa era Shakespeare?

Alguien muy atrevido dijo:

—Un poeta.

—¿Ha leído usted a Zane Grey?

—No, he de decir que…

—Entonces no sabe de lo que habla.

Uno de los jóvenes intentó ayudar a Crabbin.

—¿Y a James Joyce dónde lo ubicaría, señor Dexter?

—¿Qué quiere decir con «ubicar»? Yo no ubico a nadie en ningún lado —dijo Martins. Había sido un día muy largo: había bebido más de la cuenta con el coronel Cooler, se había enamorado, habían asesinado a un hombre, y ahora tenía la sensación de que se la estaban agarrando injustamente con él. Zane Grey era uno de sus héroes: no pensaba soportar más tonterías.

—Quiero decir que si lo ubicaría junto a los más grandes.

—Si le soy sincero, no sé quién es. ¿Qué ha escrito?

Entonces no se dio cuenta, pero estaba causando una tremenda impresión. Solo un grandísimo escritor podía adoptar una actitud tan arrogante y original. Varias personas apuntaron el nombre de Zane Grey en el dorso de un sobre, y la condesa le preguntó a Crabbin en un susurro ronco:

—¿Cómo se escribe «Zane»?

—La verdad es que no estoy seguro.

A continuación le lanzaron a Martins unos cuantos nombres a la vez: pequeños nombres puntiagudos como Stein, cantos rodados como Woolf. Un joven austriaco con un flequillo negro de intelectual gritó: «Daphne du Maurier», provocando que el señor Crabbin hiciera una mueca, mirase de reojo a Martins y le dijese en voz baja:

—Trátelos bien.

Una mujer de rostro amable vestida con un suéter tejido a mano dijo en tono melancólico:

—¿No está usted de acuerdo, señor Dexter, en que nadie, realmente nadie ha escrito sobre los sentimientos de manera tan poética como Virginia Woolf? En prosa, quiero decir.

Crabbin le susurró:

—Podría decir algo sobre el fluir de la conciencia.

—¿El fluir de qué?

El señor Crabbin respondió con una nota de desesperación.

—Se lo ruego, señor Dexter, estamos entre admiradores sinceros. Les interesan sus opiniones. Si supiera cómo se amontonaron a las puertas del Instituto.

Un austriaco entrado en años preguntó:

—¿Hoy en día hay algún escritor inglés de la talla del difunto John Galsworthy?

Estallaron entonces palabras de agitación y enfado entre las que los nombres de Du Maurier, Priestley y un tal Layman fueron lanzados de un lado a otro. Martins se reclinó en su asiento con pesar y volvió a ver la nieve, la camilla, la cara desesperada de Frau Koch. Pensó: si yo no hubiese vuelto, si no me hubiera puesto a hacer preguntas, ¿seguiría vivo ese hombrecito? ¿En qué había ayudado a Harry al propiciar otra víctima? ¿Y los temores de quién apaciguaba esta última? ¿De Herr Kurtz, del coronel

Cooler (le resultaba increíble), del doctor Winkler? Ninguno de ellos parecía capaz de cometer el tétrico y horrendo crimen del sótano; recordaba al niño diciendo que había visto sangre a través del coque, y alguien ofrecía una cara sin rasgos, un enorme huevo de plastilina, el tercer hombre.

Martins no podría haber dicho cómo aguantó el resto del debate. Tal vez Crabbin se llevó la peor parte; tal vez lo ayudó un miembro del público al fomentar una animada discusión sobre la versión cinematográfica de la novela popular estadounidense. Recordaba poco más de lo ocurrido antes de que Crabbin diera un discurso final en su honor. Luego uno de los jóvenes lo llevó a una mesa con libros apilados y le pidió que los firmara.

—Solo hemos permitido un ejemplar por miembro.

—¿Qué tengo que hacer?

—Solo firmar. No se espera nada más. Aquí tiene mi ejemplar de *La proa curvada*. Le agradecería mucho si me pudiera escribir un pequeño mensaje…

Tras empuñar la pluma, Martins escribió: «De B. Dexter, autor de *El llanero solitario de Santa Fé*», y el joven leyó la frase y le aplicó el secante con cara de desconcierto. Cuando Martins se sentó y se puso a firmar las portadillas de Benjamin Dexter, vio en un espejo que el joven le mostraba la dedicatoria a Crabbin. Crabbin sonrió a medias y se acarició la barbilla una y otra vez. «B. Dexter. B. Dexter. B. Dexter», escribió Martins rápidamente; al fin y al cabo, no era mentira. Uno por uno los libros fueron pasando a manos de sus dueños, que dejaban caer frasecitas de placer como quien hace una reverencia. ¿Así era la vida de un escritor? Martins empezó a sentir una clara exasperación hacia Benjamin Dexter. Un pelmazo pretencioso y pagado de sí mismo, pensó mientras firmaba el vigésimo séptimo ejemplar de *La proa curvada*. Cada vez que levantaba la vista y agarraba otro libro notaba la mirada pensativa y preocupada de Crabbin. Los miembros del Instituto empezaban a marcharse con sus tesoros: la sala se estaba vaciando. De repente, Martins atisbó en el espejo a un policía militar. Parecía estar discutiendo con uno de los jóvenes secuaces de Crabbin. Martins creyó oír el sonido de su propio nombre, y entonces perdió el temple y todo vestigio de sentido común. Solo quedaba un libro por firmar; garabateó rápido un último «B. Dexter» y se dirigió a la puerta. El joven, Crabbin y el policía estaban juntos en la entrada.

—¿Y el caballero? —preguntó el policía.

—Es el señor Benjamin Dexter —dijo el joven.

—Baño, ¿hay un baño? —dijo Martins.

—Tengo entendido que Rollo Martins vino aquí en un coche suyo.

—Se trata de un error, obviamente.

—Segunda puerta a la izquierda —dijo el joven.

Martins recuperó al pasar su abrigo del guardarropa y empezó a bajar las escaleras. En el primer rellano oyó que subía alguien, se asomó y vio a Paine, a quien yo había enviado para que lo identificara. Abrió una puerta cualquiera y la cerró a sus espaldas. Oyó a Paine pasar de largo. Se encontró en un cuarto oscuro; un extraño ruidito parecido a un gemido lo hizo volverse y mirar hacia dentro. No se veía nada, y el sonido paró. En cuanto se movió un poco volvió a oírlo, similar a una respiración contenida. Se quedó quieto y el sonido se extinguió. Fuera alguien llamaba: «Señor Dexter, señor Dexter». Entonces hubo un nuevo sonido. Era como un susurro: un largo e incesante monólogo en la oscuridad.

Martins dijo: «¿Hay alguien ahí?», y el sonido cesó de nuevo. Era insoportable. Sacó el encendedor. Unos pasos se acercaron a las escaleras y empezaron a bajar. Accionó la piedra una y otra vez pero no consiguió una llama. Algo se movió en la oscuridad y tintineó en el aire como una cadena. Martins volvió a preguntar con la furia del miedo: «¿Hay alguien ahí?», y solo le respondió el clin clin del metal.

A tientas, desesperado, buscó el interruptor de la luz, primero a la derecha y luego a la izquierda. No se atrevía a hacer ningún otro movimiento porque ya no podía situar al otro ocupante; el susurro, el gemido, el tintineo habían cesado. Entonces temió haber perdido la puerta y se puso a tantear como loco en busca del picaporte. Tenía mucho menos miedo de la policía que de la oscuridad y no era consciente del barullo que estaba armando.

Paine lo oyó desde la base de las escaleras y volvió sobre sus pasos. Cuando encendió la luz del rellano, Martins logró orientarse gracias al brillo que se coló bajo la puerta. Luego la abrió y, tras sonreírle tímidamente a Paine, se volvió para mirar la habitación. Los ojos de un loro encadenado a su percha le devolvieron una mirada vidriosa. Paine le dijo en tono respetuoso:

—Lo estábamos buscando, señor. El coronel Calloway quiere hablarle.

—Me había perdido —dijo Calloway.

—Sí, señor. Eso pensamos.

X

Desde que supe que no había tomado el vuelo de vuelta a Inglaterra, puse especial cuidado en documentar los movimientos de Martins. Lo habían visto en compañía de Kurtz y en el teatro Josefstadt; y me constaba que había ido a visitar al doctor Winkler y al coronel Cooler, así como que había regresado una vez al edificio de Harry. Por algún motivo, mi inspector lo había perdido de vista entre el apartamento de Cooler y el de Anna Schmidt; según me informó, Martins había pasado un buen rato deambulando, y a los dos nos dio la impresión de que lo había hecho adrede para zafarse de su perseguidor. Cuando fui al hotel a buscarlo, se me escapó por poco.

Los acontecimientos habían tomado un cariz inquietante, y me parecía que había llegado el momento de volver a interrogarlo. Martins me debía muchas explicaciones.

Puse un escritorio bien ancho entre nosotros y le ofrecí un cigarrillo. Lo encontré hosco pero, dentro de ciertos límites, dispuesto a conversar. Le pregunté sobre Kurtz y me contestó de manera satisfactoria. Después le pregunté sobre Anna Schmidt e inferí de su respuesta que había estado en su casa tras visitar al coronel Cooler; con eso se llenaba una de las lagunas. Lo sondeé sobre el doctor Winkler, y me respondió de bastante buen grado.

—Ha estado yendo de un lado para otro —le dije—. ¿Algún descubrimiento sobre su amigo?

—Claro que sí —me contestó—. Ustedes lo tenían debajo de las narices pero no lo vieron.

—¿A qué se refiere?

—A que fue asesinado.

La afirmación me sorprendió: en algún momento contemplé la posibilidad de un suicidio, pero había descartado incluso eso.

—Continúe —dije.

Con el fin de eliminar del relato toda mención de Koch, aludió a un informante que había visto el accidente. Así contada, la historia resultaba un poco confusa, y al principio no entendí por qué le daba tanta importancia al tercer hombre.

—No se presentó a la investigación, y los demás mintieron para encubrirlo.

—Si no se presentó no veo que tenga mucha relevancia. Las pruebas demostraban que fue un accidente. ¿Para qué meter a alguien más en problemas? Puede que su mujer creyese que estaba de viaje; tal vez fuese un oficial que se había ausentado del cuartel sin permiso. Quizá había viajado a Viena sin autorización desde algún lugar como Klagenfurt en busca de las delicias de la gran ciudad.

—Hay más. El tipo bajito que me contó lo del accidente: lo han asesinado. Mire, es obvio que no sabían qué pudo haber visto.

—Ahora entiendo —dije—. Se refiere a Koch.

—Exacto.

—Por lo que sabemos, la última persona que lo vio con vida fue usted. —Entonces le pregunté, como queda dicho, si alguien más avispado que mi inspector, capaz de no dejarse ver, podía haberlo seguido. Dije—: La policía austriaca está impaciente por achacarle la muerte a usted. Frau Koch les contó que su marido quedó muy afectado por su visita. ¿Quién más sabía que fue a verlo?

—Se lo conté a Cooler —dijo con nerviosismo—. Supongamos que en cuanto me marché le repitió la historia por teléfono a alguien: al tercer hombre. Tenían que cerrarle la boca a Koch.

—Cuando usted le habló al coronel Cooler de Koch, este ya estaba muerto. Se había levantado al oír a alguien, había bajado...

—Bueno, entonces puede descartarme. Yo estaba en Sacher's.

—Pero Koch se acostó temprano. Después de que usted lo visitó, le volvió la migraña. Se levantó apenas después de las nueve. Usted regresó a Sacher's a las nueve y media. ¿Dónde estuvo antes?

Respondió cabizbajo:

—Dando vueltas por ahí, tratando de resolver las cosas.

—¿Tiene pruebas de su paradero?

—No.

Quería asustarlo, así que no tenía sentido decirle que lo habían seguido todo el tiempo. Sabía que no le había cortado la garganta a Koch, pero no estaba seguro de que fuese tan inocente como pretendía. El dueño del cuchillo no siempre es el verdadero asesino.

—¿Me convida otro cigarrillo?

—Claro.

—¿Y usted cómo sabe que fui a ver a Koch? —preguntó—. Por eso me ha hecho venir aquí, ¿verdad?

—La policía austriaca.

—No me tenían identificado.

—En cuanto usted se fue de casa del coronel Cooler, él me llamó a mí.

—Entonces eso lo deja fuera. Si hubiera estado involucrado, no habría querido que yo le contara a usted mi historia; quiero decir, la historia de Koch.

—Pudo haber supuesto que usted es un hombre sensato y que vendría a contarme la historia en cuanto se enterase de la muerte de Koch. Por cierto, ¿cómo se enteró?

Me lo dijo sin demora y le creí. Fue en ese momento cuando empecé a creerle en general. Añadió:

—Sigo sin creer que Cooler esté involucrado. Apostaría lo que fuera a su honradez. Tiene un gran sentido del deber.

—Sí —dije—, me habló del tema por teléfono. Se disculpó por hacerlo. Dijo que era lo peor de haberse criado creyendo en las obligaciones ciudadanas. Que lo hacía sentirse como un santurrón. Para serle sincero, Cooler me exaspera. Y, por supuesto, él no sabe que yo estoy al tanto de su tráfico de neumáticos.

—¿También él está metido en negocios?

—Nada demasiado grave. Calculo que se habrá embolsado unos veinticinco mil dólares. Pero yo no soy un ciudadano modelo. Que los americanos se ocupen de los suyos.

—Caray. —Se quedó pensando y dijo—: ¿Harry traficaba con cosas así?

—No. Con algo mucho menos inofensivo.

Martins respondió:

—Mire, todo este asunto de la muerte de Koch me tiene desconcertado. Tal vez Harry sí andaba metido en algo serio. Tal vez quisiera dejarlo, y por eso lo mataron.

—O tal vez querían una parte mayor del botín —comenté—. Los ladrones se pelean entre ellos.

Esta vez se lo tomó sin enfadarse en absoluto.

—No nos vamos a poner de acuerdo en cuanto a los móviles —dijo—, pero reconozco que usted comprueba muy bien los hechos. Lamento lo del otro día.

—No se preocupe.

En ciertos momentos hay que tomar una decisión al instante: aquel fue uno de ellos. Le debía algo a cambio de la información que me acababa de dar. Dije:

—Le voy a contar todo lo que pueda sobre el caso de Lime para que lo entienda. Pero por favor no pierda los estribos, la historia es espantosa.

No era para menos. La guerra y la paz (si paz podía llamarse) fomentaron un buen número de negocios ilícitos, pero ninguno más vil que este. Los que traficaban con alimentos en el mercado negro al menos suministraban alimentos, y otro tanto hacían los demás traficantes que proporcionaban artículos escasos a precios desorbitados. Pero el negocio de la penicilina era muy distinto. En Austria la penicilina solo se suministraba a los hospitales militares; ningún médico civil, ni siquiera un hospital civil, podía obtenerla por medios legales. Al principio el negocio era bastante inofensivo. Los ordenanzas militares robaban la penicilina y se la vendían a los médicos austriacos por sumas muy altas: una ampolla llegaba a costar setenta libras. Podría decirse que era una forma de distribución, injusta en la medida en que solo beneficiaba a los pacientes ricos, aunque tampoco la otra distribución aspirase a mayor justicia.

El negocio continuó sin problemas por un tiempo. De vez en cuando pescaban a algún ordenanza y lo castigaban, pero el riesgo no hacía sino aumentar el precio de la penicilina. Entonces la cosa empezó a organizarse: los jefazos entendieron cuánto dinero había allí, y los ladrones de antes, aunque se llevasen una tajada menor, recibían cierta protección. Si les pasaba algo, se les echaba una mano. También la naturaleza humana tiene motivos curiosos y retorcidos que el corazón desconoce por completo. Muchos subordinados se quedaban con la conciencia más tranquila al trabajar para un patrón: pronto se sintieron tan respetables como los asalariados; formaban parte de un grupo, y, si es que había culpables, los líderes cargaban con la culpa. Un negocio sucio funciona más o menos como un partido totalitario.

Lo anterior es algo que a veces he llamado la fase dos. La fase tres empieza cuando los de arriba deciden que los beneficios no son lo bastante grandes. No siempre sería imposible obtener penicilina por medios legítimos; querían ganar más dinero más rápido mientras durase la buena racha. Empezaron a adulterar la penicilina con agua coloreada y, en el caso de la penicilina en polvo, con arena. Tengo un pequeño museo en un cajón de mi escritorio, y le enseñé a Martins algunas muestras. Aunque no le estaba gustando nada la charla, aún no entendía adónde quería llegar.

—Entonces debo suponer que no sirve para curar nada—dijo.

—No nos preocuparíamos tanto si ahí acabara la cosa —contesté—, pero lo cierto es que la gente puede volverse inmune a los efectos de la penicilina. En el mejor de los casos, usar esta sustancia hace que un paciente no responda bien al tratamiento más adelante. Y eso no es ninguna broma, claro, si se contrae una enfermedad venérea. Además, la aplicación de arena en una herida que necesita penicilina, en fin, no es sana. Hay hombres que han perdido piernas y brazos a raíz de eso; y también la vida. Pero lo que más me horrorizó fue la visita al hospital de niños de la ciudad. Habían comprado una partida de esta penicilina para combatir la meningitis. Algunos niños simplemente han muerto, y otros se han vuelto locos. Puede verlos ahora en el pabellón para enfermos mentales.

Martins estaba quieto en su silla del otro lado del escritorio, mirándose las manos con la cara desencajada. Le dije:

—Mejor no pensar mucho en eso, ¿verdad?

—Aún no me ha dado ninguna prueba de que Harry...

—A eso iba —dije—. Quédese sentado y escuche.

Tras abrir el expediente de Lime, empecé a leer. Al principio las pruebas eran meramente circunstanciales, y Martins se puso inquieto. Muchas se basaban en coincidencias: informes redactados por agentes para mostrar que Lime había estado en determinado lugar a determinada hora; la acumulación de oportunidades; su conocimiento de cierta gente. Martins protestó:

—Pero ahora mismo podrían aportarse unas pruebas similares contra mí.

—Espere —dije. Por algún motivo, Harry Lime se había vuelto imprudente; a lo mejor se dio cuenta de que sospechábamos de él y se puso nervioso. Tenía un cargo muy distinguido en la Organización Humanitaria, y alguien en su posición sufre de los nervios con mucha facilidad. Hicimos que uno de nuestros agentes se infiltrara como ordenanza en el Hospital Militar Británico: a esas alturas conocíamos el nombre del intermediario, pero aún no habíamos conseguido remontar el camino hasta la fuente. En fin, no voy a importunar al lector, como entonces importuné a Martins, con todas las etapas del proceso, incluido lo que nos costó ganarnos la confianza del intermediario, un tipo llamado Harbin. Lo cierto es que logramos arrinconar a Harbin, y lo apretamos hasta que cantó. Estas labores policiacas se parecen mucho a las de los servicios secretos: se busca a un doble agente al que se pueda tener bien agarrado, y Harbin resultó ser nuestro hombre. Pero aun así solo nos condujo hasta Kurtz.

—¡Kurtz! —exclamó Martins—. ¿Y por qué no lo han arrestado?

—Ya es casi la hora señalada —contesté.

Lo de Kurtz supuso un gran paso adelante, porque estaba en contacto directo con Lime; hacía un trabajito como externo relacionado con la ayuda internacional. Al comunicarse con él, sobre todo cuando tenía prisa, Lime a veces apuntaba las cosas en papel.

Le mostré a Martins el fotostato de una nota.

—¿La reconoce?

—Es la letra de Harry. —La leyó hasta el final—. No veo nada de malo.

—No, pero ahora lea esta nota de Harbin a Kurtz, que dictamos nosotros. Mire la fecha. Este es el resultado.

Las leyó ambas dos veces.

—¿Entiende lo que le digo?

Cuando se contempla un mundo que llega a su fin, un avión que cae en picado desde su ruta, no creo que nadie esté de ánimo para charlas, y lo cierto es que un mundo había llegado a su fin para Martins, un mundo de amistad espontánea, adulación y confianza, nacido veinte años antes en el pasillo de la escuela. Todos los recuerdos —las tardes entre la hierba, los disparos ilícitos en el parque de Brickworth, los sueños, los paseos, cada una de las experiencias compartidas— quedaron contaminados al mismo tiempo, como el suelo de una ciudad donde acaba de caer una bomba atómica. Por mucho tiempo no sería seguro caminar por esa zona. Mientras Martins seguía sentado, mirándose las manos sin decir nada, fui a buscar al armario una buena botella de whisky y nos serví dos dobles generosos.

—Vamos —dije—. Bébaselo. —Y me obedeció como si yo fuese su médico. Le serví otro.

—¿Está seguro de que él era el verdadero jefe? —dijo lentamente.

—Es lo más lejos que hemos llegado hasta ahora.

—Verá, era alguien propenso a hacer las cosas sin pensar en las consecuencias.

Aunque no lo contradije, Lime no me había dado antes esa impresión. Martins buscaba cualquier consuelo.

—Supongamos —dijo— que alguien averiguó algo sobre él, que lo obligó a meterse en el negocio, como usted obligó a Harbin a tenderles una trampa…

—Es posible.

—Y lo asesinaron por si hablaba cuando lo arrestaran.

—No es imposible.

—Me alegro de que lo hicieran —dijo—. No me habría gustado nada ver a Harry quebrado. —Hizo un movimiento raro con la mano sobre la rodilla como quien se quita el polvo y dice: «Ya está», y luego afirmó en voz alta—: Me vuelvo a Inglaterra.

—Preferiría que aún no lo hiciera. La policía austriaca le daría problemas si intentara irse ahora mismo de Viena. La cosa es que Cooler, con su sentido del deber, los llamó también a ellos.

—Entiendo —repuso desesperanzado.

—Cuando encontremos al tercer hombre… —dije.

—A ese sí que me gustaría verlo quebrado —dijo—. Malnacido. Pedazo de malnacido.

XI

Tras despedirse, Martins fue directo a un bar con la intención de ponerse ciego. Eligió el Oriental, un triste y pequeño cabaret lleno de humo que se encuentra detrás de una falsa fachada de Oriente. Las mismas fotografías de cuerpos medio desnudos en las escaleras, los mismos estadounidenses borrachos en la barra, el mismo vino malo y las mismas ginebras insólitas: podría haber estado en cualquier tugurio de cualquier capital deslucida de una deslucida Europa. En un momento de las lúgubres horas altas, la Patrulla Internacional entró a echar un vistazo, y al verla un soldado ruso salió corriendo hacia las escaleras, desplazándose con la cabeza gacha y ladeada como un animalito del campo. Los estadounidenses ni se mosquearon y nadie se metió con ellos. Martins bebió una copa tras otra; seguramente habría buscado una chica, pero las artistas de variedades se habían ido, y casi no quedaban mujeres en el local, salvo una hermosa periodista francesa con cara de lista que, tras comentarle algo a su acompañante, se quedó dormida en señal de desprecio.

Martins se fue a otra parte: en Maxim's había unas pocas parejas que bailaban con cierta melancolía, y en un club llamado Chez Victor la gente bebía cócteles con el abrigo puesto porque la calefacción se había averiado. A esas alturas Martins veía medio borroso, y lo oprimía el peso de la soledad. Recordó a la chica de Dublín, y también a la de Ámsterdam. Eso sí que no engañaba:

la bebida fuerte, el simple acto físico; mejor no esperar fidelidad de una mujer. La mente le daba vueltas en círculos, pasando de la sensiblería a la lujuria y luego de la confianza a la suspicacia.

Ya no circulaban los tranvías, así que se emperró en ir a casa de la chica de Harry a pie. Quería hacerle el amor: nada más, sin tonterías ni sentimentalismo. Se sentía predispuesto a la violencia, pero la calle nevada ondeaba como un lago y le evocó cosas como la tristeza, el amor eterno, la renuncia. En un rincón formado por la pared de un refugio, vomitó sobre la nieve.

Debían de ser las tres de la mañana cuando subió las escaleras hacia la habitación de Anna. Para entonces estaba casi sobrio y tenía una sola idea en la cabeza: ponerla al corriente de lo que había hecho Harry. Sentía que, de alguna manera, ese conocimiento liberaría a la chica de Harry de la lealtad que la memoria impone a los seres humanos, y que entonces él tendría una oportunidad con ella. Al enamorado nunca se le ocurre que el objeto de su amor no sabe que lo es; cree que le ha comunicado sus sentimientos claramente con el tono de la voz, con un gesto de la mano. Cuando Anna le abrió la puerta, asombrada al verlo hecho un desastre en el umbral, Martins ni imaginaba que, para ella, el tipo al que estaba dejando pasar era un desconocido. Le dijo:

—Anna, lo he descubierto todo.

—Pasa —dijo ella—, más vale no despertar a los demás.

Llevaba puesta una bata; el diván se había convertido en cama, una de esas camas revueltas que indican el insomnio de su ocupante.

—Pero a ver —dijo ella, mientras él se quedaba de pie, buscando las palabras—, pensé que ibas a guardar las distancias. ¿Te persigue la policía?

—No.

—No habrás sido tú el que mató a ese hombre...

—Claro que no.

—Pero borracho sí que estás...

—Un poquito —admitió de mala gana. El encuentro no estaba saliendo bien. Dijo con enojo—: ¡Lo lamento!

—¿Por qué? Yo también me tomaría una copa.

—Estuve con la policía británica —continuó él—. Saben que no soy el culpable. Pero me han contado otras cosas. Harry estaba metido en negocios muy, muy turbios. —Y añadió con desazón—: No era un buen tipo para nada. Los dos nos equivocamos.

—Más vale que me lo cuentes todo —dijo Anna. Se sentó en la cama, y él se lo contó, meciéndose ligeramente junto a la mesita donde el texto teatral seguía abierto en la primera página. Supongo que se lo expuso de forma bastante confusa, explayándose en lo que le había causado mayor impresión, los niños muertos de meningitis y los confinados en el pabellón para enfermos mentales. Acabó y guardaron silencio. Ella le dijo—: ¿Algo más?

—No.

—¿Estabas sobrio cuando te revelaron todo eso? ¿Realmente te dieron pruebas?

—Sí. —Añadió funestamente —: Ahí tienes a Harry.

—Me alegro de que haya muerto —dijo ella—. No habría querido que se pudriera durante años en la cárcel.

—Pero ¿tú entiendes cómo es que Harry... tu Harry, mi Harry, pudo acabar metido en algo así? —Continuó con pesar—: Me parece que nunca ha existido, que lo hemos soñado. ¿Se habrá reído todo el tiempo de idiotas como nosotros?

—Puede que sí. ¿Qué más da? —dijo ella—. Siéntate. No te preocupes. —Martins se había imaginado consolándola a ella, no al revés. Anna le dijo—: Si siguiera vivo, a lo mejor podría explicarse, pero tenemos que recordarlo tal como fue para nosotros. Siempre ignoramos tantas cosas sobre los demás, incluso sobre una persona querida: cosas buenas, cosas malas. Hay que dejar un espacio para ellas.

—Esos niños...

—Dios santo —respondió ella con furia—, para de imaginar a la gente a tu imagen y semejanza. Harry era real. No era solo tu héroe y mi amante. Era Harry. Estaba metido en negocios sucios. Hizo cosas terribles. ¿Y? Era el hombre que conocimos.

—No me vengas con frases trilladas —contestó él—. ¿No ves que me he enamorado de ti?

Ella se lo quedó mirando asombradísima.

—¿Tú?

—Sí, yo. Yo no mato a gente con medicamentos falsos. Yo no soy un hipócrita que va dándose aires; solo soy un escritor malo que bebe demasiado y se enamora de chicas.

—Pero es que ni siquiera sé de qué color tienes los ojos —le respondió ella—. Si me hubieran llamado hace un momento para preguntarme si tienes el pelo castaño o rubio o si llevabas bigote, no habría sabido responder.

—¿No te lo puedes quitar de la cabeza?

—No.

A lo que él dijo:

—En cuanto se aclare lo del asesinato de Koch, me marcho de Viena. Ya no me interesa averiguar si Kurtz mató a Harry o si fue el tercer hombre. En cierto modo, se hizo justicia. Tal vez lo hubiera matado yo mismo en esas circunstancias. Pero tú lo sigues queriendo. Querías a un traficante, a un asesino.

—Quería a un hombre —dijo ella—. Te lo acabo de decir: un hombre no cambia porque le descubras cosas. Sigue siendo el mismo.

—No soporto cómo hablas. Se me parte la cabeza, y no haces más que hablar y hablar...

—Yo no te pedí que vinieras.

—Me haces enojar.

De repente ella se echó a reír. Le dijo:

—Me haces gracia. Apareces a las tres de la mañana, no te conozco de nada, y dices que te has enamorado de mí. Después te enfadas y buscas pelea. ¿Qué esperas que haga, o que diga?

—No te había visto reír. Hazlo de nuevo. Me gusta.

—No tengo fuerzas para dos risas —replicó ella.

La tomó por los hombros, la sacudió ligeramente y dijo:

—Me pasaría el día poniendo caras chistosas. Me pararía de cabeza y te sonreiría con la cara entre las piernas. Me aprendería un montón de chistes en libros sobre cómo dar un discurso.

—Aléjate de la ventana. No hay cortinas.

—Tampoco hay nadie que pueda vernos.

Pero, al querer cerciorarse de su afirmación, le entró la duda: una larga sombra que se había movido, quizá al pasar las nubes sobre la luna, estaba de nuevo quieta.

—Sigues queriendo a Harry, ¿no? —dijo.

—Sí.

—Tal vez yo también. No lo sé. —Dejó caer los brazos y añadió—: Me voy.

Se alejó de la casa a paso rápido. No se molestó en comprobar si lo seguían ni en confirmar qué era la sombra. Pero, al llegar al final de una calle, dobló sin pensarlo una esquina y allí, justo a la vuelta, se encontró frente a una silueta gruesa y corpulenta, pegada a la pared como para pasar desapercibida. Martins paró y se la quedó mirando. Algo en ella le resultaba familiar. Tal vez, pensó, me he acostumbrado inconscientemente a la presencia de ese tipo en las últimas veinticuatro horas; tal vez sea uno de los que han rastreado con tanta diligencia mis idas y venidas. Martins se quedó plantado a veinte metros de distancia, observando a aquella silueta muda e inmóvil que le devolvía la mirada. Un espía de la policía, o quizá un agente de los que habían corrompido a Harry primero y luego lo habían asesinado: ¿tal vez incluso el tercer hombre?

No era la cara lo que le resultaba familiar, porque ni siquiera distinguía el ángulo de la mandíbula; tampoco la manera de moverse, porque el cuerpo estaba tan quieto que Martins llegó a pensar que se trataba de una ilusión causada por las sombras. Le gritó con aspereza: «¿Se le ofrece algo?», y no obtuvo respuesta. Volvió a gritarle en el tono colérico de los ebrios: «Eh, responda», y la respuesta sobrevino entonces, cuando una persona a la que acababa de despertar descorrió con enojo la cortina de una ventana y la luz cayó al sesgo en el callejón, alumbrando los rasgos de Harry Lime.

XII

—¿Usted cree en los fantasmas? —me preguntó Martins.

—¿Y usted?

—Ahora sí.

—Yo creo que los borrachos ven cosas: a veces, ratas; a veces, cosas peores.

No vino de inmediato a verme con aquel cuento; solo el peligro que corría Anna Schmidt lo arrastró hasta mi despacho, como un pecio arrojado por el mar a la costa, despeinado, sin afeitar, abrumado por una experiencia que escapaba a su comprensión. Dijo:

—Si hubiera sido solo el rostro, no me habría preocupado. Yo había estado pensando en Harry, y habría sido fácil imaginarlo en el lugar de un extraño. Verá, la luz se apagó al instante. Fue cosa de un segundo, y el hombre echó a andar calle abajo, si es que era un hombre. No había donde doblar por un buen trecho, pero me quedé tan atónito que acabé dándole otros treinta metros de ventaja. Rebasó uno de esos quioscos con anuncios publicitarios y al momento se perdió de vista. Corrí tras él. Tardé apenas diez segundos en llegar al quiosco, y debió de oír mis pasos, pero lo extraño es que no volvió a aparecer. Allí no había nadie. La calle estaba vacía. No pudo meterse en un portal sin que lo viera. Se esfumó sin más.

—Algo normal en los fantasmas, o en las ilusiones.

—¡Pero no creo que estuviera tan borracho!

—¿Qué hizo a continuación?

—Necesitaba otra copa. Tenía los nervios a flor de piel.

—¿Y eso no lo hizo reaparecer?

—No, pero me hizo volver a casa de Anna.

Creo que le habría dado vergüenza venir a contarme su absurda historia de no ser por el intento de secuestro de Anna Schmidt. Mi hipótesis, cuando acabó narrando lo sucedido, era que alguien lo había estado siguiendo, pero que la bebida y la histeria habían sido los únicos responsables de que superpusiera los rasgos de Harry Lime a la cara de aquel hombre. El perseguidor lo había visto entrar en casa de Anna, y un miembro de la red —la red de penicilina— fue alertado por teléfono. Los acontecimientos de la noche se precipitaron. Se recordará que Kurtz vivía en la zona rusa, para ser exactos en el segundo distrito, en una calle ancha, vacía y desolada que corre junto a Prater Platz. Con toda seguridad, un hombre como él contaba con contactos influyentes. Para un ruso era desastroso que lo descubrieran en buenas relaciones con un estadounidense o con un inglés, pero un austriaco era un aliado en potencia; y en cualquier caso nadie teme la influencia de los arruinados o de los vencidos.

Téngase en cuenta que, en aquel periodo, la cooperación entre los aliados occidentales y los rusos estaba prácticamente suspendida, aunque todavía no del todo.

El primer acuerdo policial estipulado por los aliados en Viena restringía la jurisdicción de cada policía militar (que debiera lidiar con los delitos vinculados con el personal aliado) a su zona particular, salvo que se le diera permiso de entrar en la zona de otra potencia. Este acuerdo funcionaba bastante bien entre las tres potencias occidentales. Me bastaba con telefonear a mi homólogo de las zonas francesa o estadounidense para enviar a mis hombres a hacer un arresto o una investigación. Durante los seis primeros meses de la ocupación, el sistema funcionó razonablemente bien con los rusos: quizá pasaban cuarenta y ocho horas hasta me que daban una autorización, y en la práctica pocas veces hace falta actuar más pronto. Incluso en nuestro país no siempre podemos obtener de nuestros superiores una orden de registro o un permiso para detener a un sospechoso con mayor rapidez. Pero luego las cuarenta y ocho horas se convirtieron en una semana o dos, y recuerdo a un colega estadounidense que, al repasar sus archivos, comprobó que tenía cuarenta casos de hacía más de tres meses en los que ni siquiera habían acusado recibo de sus peticiones. Entonces vinieron los problemas. Empezamos a rechazar, o a no contestar, las peticiones de los rusos, y a veces mandaban a su policía sin permiso, y había encontronazos… Por las fechas en que transcurre esta historia las potencias occidentales más o menos habían dejado de enviar solicitudes a los rusos y de responderles. En consecuencia, para detener a Kurtz necesitaría sorprenderlo fuera de la zona rusa, aunque también era posible que sus actividades ofendieran a los rusos y que recibiera un castigo más repentino y severo que cualquiera de los que fuésemos a aplicar nosotros. El caso de Anna Schmidt supuso uno de los mencionados encontronazos: cuando Rollo Martins volvió medio ebrio a las cuatro de la mañana a decirle a Anna que había visto al fantasma de Harry, un conserje asustado, que no se había vuelto a dormir, le dijo que se la había llevado una Patrulla Internacional.

Sucedió lo siguiente. Rusia, se recordará, llevaba las riendas en la Innere Stadt, y cuando Rusia llevaba las riendas era de esperar que

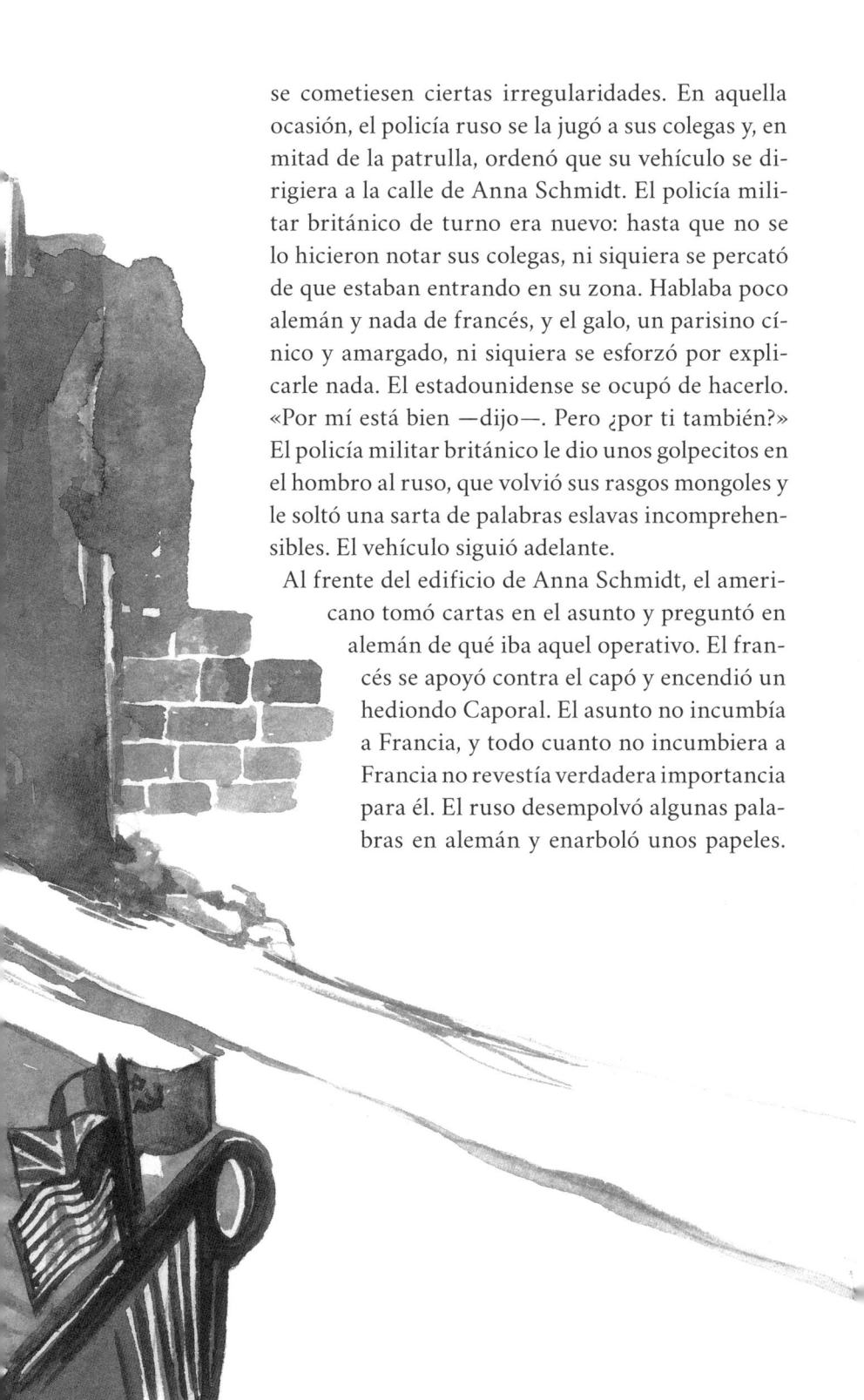

se cometiesen ciertas irregularidades. En aquella ocasión, el policía ruso se la jugó a sus colegas y, en mitad de la patrulla, ordenó que su vehículo se dirigiera a la calle de Anna Schmidt. El policía militar británico de turno era nuevo: hasta que no se lo hicieron notar sus colegas, ni siquiera se percató de que estaban entrando en su zona. Hablaba poco alemán y nada de francés, y el galo, un parisino cínico y amargado, ni siquiera se esforzó por explicarle nada. El estadounidense se ocupó de hacerlo. «Por mí está bien —dijo—. Pero ¿por ti también?» El policía militar británico le dio unos golpecitos en el hombro al ruso, que volvió sus rasgos mongoles y le soltó una sarta de palabras eslavas incomprehensibles. El vehículo siguió adelante.

Al frente del edificio de Anna Schmidt, el americano tomó cartas en el asunto y preguntó en alemán de qué iba aquel operativo. El francés se apoyó contra el capó y encendió un hediondo Caporal. El asunto no incumbía a Francia, y todo cuanto no incumbiera a Francia no revestía verdadera importancia para él. El ruso desempolvó algunas palabras en alemán y enarboló unos papeles.

Por lo visto, una ciudadana rusa buscada por la policía de su país vivía en aquel lugar sin los debidos documentos. Tras subir, el ruso probó a abrir la puerta de Anna. Tenía el cerrojo bien pasado, pero arremetió con el hombro y lo hizo saltar sin siquiera darle a la ocupante la oportunidad de abrir. Anna estaba acostada, aunque supongo que, después de la visita de Martins, aún no se habría dormido.

Estas situaciones son muy cómicas cuando no le atañen directamente a uno. Hace falta haber vivido en carne propia el terror centroeuropeo, el contacto con un padre del bando derrotado, registros y desapariciones para que el miedo pese más que la comedia. Pues bien, los rusos se negaban a abandonar la habitación mientras Anna se vestía; el inglés se negaba a quedarse en ella; el estadounidense no quería saber nada de dejar a una muchacha sin protección en compañía de un soldado ruso, y el francés… en fin, creo que le parecía todo muy divertido. ¿Se imaginan la escena? El ruso solo cumplía con su deber y siguió observando a la muchacha sin una pizca de interés sexual; el estadounidense, como buen caballero, se mantuvo siempre de espaldas, aunque atento, estoy seguro, a cada movimiento; el francés se fumó su cigarrillo mientras miraba con expresión distante y risueña el reflejo de la chica en el espejo del armario; y el inglés se quedó en el pasillo sin saber qué hacer a continuación.

No vaya a pensarse que el inglés salió muy mal parado. En el pasillo, sin las distracciones de la caballerosidad, tuvo tiempo para pensar, y sus pensamientos lo condujeron al teléfono del apartamento contiguo. Marcó directamente mi número y me despertó de un sueño profundísimo en medio de la noche. Por eso, cuando Martins me llamó una hora más tarde, yo ya sabía qué era lo que lo tenía en vilo; eso le infundió una confianza inmerecida, aunque muy útil, en mi eficiencia. Después de aquella noche, no volví a oírle ninguna otra ocurrencia sobre sheriffs y policías.

Tengo que explicar otro aspecto del procedimiento policial. Si la Patrulla Internacional arrestaba a alguien, había que retenerlo veinticuatro horas en la Sede Internacional. Durante ese periodo se determinaba cuál de las potencias tenía derecho a hacerse con el prisionero. Los rusos eran muy propensos a incumplir esta norma. No obstante, como muy pocos de nosotros hablamos su lengua y los rusos encuentran obstáculos para explicar su punto de vista (inténtese explicar el propio punto de vista sobre cualquier tema en un idioma que no se sepa bien: no es tan fácil como pedir comida en un restaurante), solemos considerar deliberada y maligna cualquier falta de los rusos a un acuerdo. Me parece bastante posible que entendieran aquel acuerdo en referencia solo a los prisioneros que fuesen objeto de disputa. También es cierto que casi todos los que arrestaban ellos eran objeto de disputa, y que nadie se cree más dueño de la razón que un ruso. Incluso al confesar algo un ruso da por supuesta la superioridad de su postura: suelta sus revelaciones, pero no pide disculpas, pues no necesita ninguna. Todo eso debe tenerse en cuenta al tomar una decisión. Le di mis instrucciones al cabo Starling.

Cuando volvió a la habitación de Anna, se encontró con una acalorada discusión. Anna le había dicho al estadounidense que poseía documentos austriacos (lo cual era cierto) y que estos estaban en regla (lo cual ya era mucho decir). El estadounidense le replicó al ruso en su alemán chapurreado que no tenía derecho a detener a una ciudadana austriaca. Le pidió a Anna sus documentos, y, cuando ella los exhibió, el ruso se los arrebató de la mano.

—Húngara —dijo, señalando a Anna—. Húngara —y luego, blandiendo los documentos—: Malos, malos.

El estadounidense, que se llamaba O'Brien, dijo:

—Devuélvale a la joven los papeles.

Cosa que el ruso, por supuesto, no entendió. El estadounidense se llevó la mano al revólver, y entonces el cabo Starling dijo con amabilidad:

—Déjalo, Pat.

—Tenemos derecho a comprobar si los papeles están en regla.

—Ya déjalo. Miraremos los papeles en la Sede.

—Si es que llegamos a la Sede. No se puede confiar en el conductor ruso. Seguro que se va directo a su zona.

—Ya veremos —dijo Starling.

—El problema de los británicos es que nunca saben cuándo plantarse.

—En fin… —dijo Starling; había estado en Dunquerque, pero sabía cuándo guardar silencio.

Subieron al coche con Anna, que se sentó delante entre los dos rusos, muda de miedo. Al cabo de unos momentos, el estadounidense le dio unos golpecitos al ruso en el hombro:

—No es por aquí —dijo—. La Sede es para allá.

El ruso le respondió en su idioma con un gesto conciliatorio, mientras el coche seguía su camino.

—Tal como te advertí —le dijo O'Brien a Starling—. Se la llevan a la zona rusa.

Anna miraba aterrada a través del parabrisas.

—No te preocupes, muñeca —dijo O'Brien. De nuevo tenía la mano encima del revólver. Starling lo reconvino:

—Mira, Pat, es un caso británico. No te metas.

—Tú eres nuevo en esto. No conoces a estos cabrones.

—No vale la pena causar un incidente.

—Por Dios santo —dijo O'Brien—, no vale la pena… Esa muchachita necesita que la protejan.

A mi entender, los estadounidenses eligen muy bien a quienes merecen su caballerosidad; seguimos esperando al santo americano que bese las heridas de un leproso.

De repente el conductor clavó los frenos; la carretera estaba bloqueada. Verán, yo sabía que tendrían que pasar por aquel puesto militar si no se dirigían a la Sede de la Innere Stadt. Acerqué la cabeza a la ventanilla y le dije al ruso mal que bien en su propio idioma:

—¿Qué hacen en la zona británica?

Protestó diciendo que tenía «órdenes».

—¿Órdenes de quién? Déjeme ver. —Noté la firma; era información útil. Continué—: Aquí se solicita la detención de cierta ciudadana húngara y criminal de guerra que vive con documentos falsos en la zona británica. Enséñeme los documentos.

Se embarcó en una larga explicación, pero vi los papeles en el bolsillo de su chaqueta y se los arrebaté. Cuando hizo ademán de agarrar su pistola, le pegué un puñetazo en la cara; me sentí un canalla, pero es el comportamiento que esperan de un oficial enfadado, y lo hizo entrar en razón; eso y los tres oficiales británicos que se aproximaban a los faros del coche. Le dije:

—Según veo, estos documentos están en regla, aunque los estudiaremos y le haré llegar un informe a su coronel. Por supuesto, él puede solicitar la extradición de la señorita en cualquier momento. Solo necesitaremos pruebas de sus actividades delictivas. Me temo que no consideramos la nacionalidad húngara como rusa. —El soldado se me quedó mirando con los ojos como platos (puede que mi ruso fuese medio incomprensible), y entonces le dije a Anna—: Baje del vehículo. —No podía pasar por encima del soldado, así que lo obligué a bajar primero. Luego le puse un paquete de cigarrillos en la mano y le dije—: Que los disfrute. —Les hice un gesto al resto, suspiré aliviado, y ahí acabó el incidente.

XIII

Mientras Martins me contaba que regresó a casa de Anna y descubrió su ausencia, me puse a pensar. No me convencía la historia de fantasmas ni la idea de que el hombre con los rasgos de Harry Lime hubiese sido la ilusión de un borracho. Saqué dos mapas de Viena y los comparé. Llamé a mi asistente y, mientras mantenía en silencio a Martins con un vaso de whisky, le pregunté si ya había localizado a Harbin. Dijo que no; entendía que este se había marchado de Klagenfurt la semana anterior para visitar a su familia en la zona. Uno siempre quiere hacer todo uno mismo; tiene que cuidarse de no culpar a sus subordinados. Estoy convencido de que yo nunca habría dejado que Harbin se nos escapara, pero es probable que hubiera cometido toda clase de errores que mi subordinado evitaría.

—De acuerdo —dije—. Siga tratando de dar con él.

—Lo siento, señor.

—Olvídelo. Son cosas que pasan.

Su voz joven y entusiasta —ojalá uno pudiera seguir sintiendo el mismo entusiasmo por un trabajo rutinario; cuántas oportunidades e ideas iluminadoras se nos escapan simplemente porque el trabajo se ha convertido en poco más que eso— tintineó por el cable del teléfono.

—Si me permite, señor, me parece que descartamos muy rápido la posibilidad de un asesinato. Hay dos o tres pistas…

—Póngalas por escrito, Carter.

—Sí, señor. Creo, señor, si no le importa que lo diga… —Carter es un hombre muy joven—. Creo que tendríamos que exhumar el cadáver. No hay pruebas certeras de que Lime muriera precisamente cuando dijeron los demás.

—Estoy de acuerdo, Carter. Hable con las autoridades.

Martins tenía razón: me había portado como un completo idiota. Pero recuérdese que, en una ciudad ocupada, la labor policial no es como la labor policial en el propio país. Todo resulta poco familiar: los métodos de los colegas extranjeros, las normas probatorias, incluso los procedimientos de las investigaciones judiciales. Supongo que había adoptado la disposición de quien se fía demasiado de su propio criterio. Había quedado muy aliviado por la muerte de Lime. Estaba satisfecho con la idea del accidente.

Le pregunté a Martins:

—¿Miró dentro del quiosco o estaba cerrado?

—Es que no era un quiosco de periódicos —me contestó—. Era uno de esos quioscos de hierro macizo que se ven por todas partes con carteles pegados.

—Será mejor que me muestre el lugar.

—Pero ¿Anna está bien?

—La policía vigila su apartamento. Por el momento no van a intentar nada.

No quería armar revuelo en el barrio con un coche de policía, así que tomábamos tranvías —varios tranvías—, cambiábamos en distintos lugares y entrábamos en el distrito a pie. Yo no llevaba uniforme y en cualquier caso dudaba de que, tras el fracaso del atentado contra Anna, se arriesgaran a poner un vigilante.

—Este es el cruce —dijo Martins y me condujo por una calle lateral. Nos detuvimos delante del quiosco—. Dio la vuelta por aquí y simplemente desapareció... se lo tragó la tierra.

—Fue exactamente eso lo que pasó.

—¿A qué se refiere?

Un viandante cualquiera no se habría dado cuenta de que el quiosco tenía una puerta, y además estaba oscuro cuando el hombre había desaparecido. Abrí la puerta de un tirón y le mostré a Martins la escalerita de caracol que se metía en el suelo.

—¡Dios mío —exclamó—, entonces no lo imaginé!

—Es una de las entradas al alcantarillado principal.

—¿Y cualquiera puede bajar?

—Cualquiera. Los rusos se niegan a que queden trabadas.

—¿Hasta dónde se puede llegar?

—De una punta a la otra de Viena. La gente las usaba durante los ataques aéreos; algunos de nuestros prisioneros pasaron ahí abajo dos años. También las han usado los desertores y los rateros. Si se conoce el camino, se puede salir casi en cualquier punto de la ciudad por una boca de alcantarilla o por un quiosco como este. Los austriacos cuentan con fuerzas especiales para patrullar en estas cloacas. —Cerré la puerta del quiosco y dije—: De modo que fue por ahí por donde desapareció su amigo Harry.

—¿De verdad cree que fue Harry?

—Las pruebas apuntan en ese sentido.

—¿Y entonces a quién enterraron?

—Todavía no lo sé, pero pronto lo averiguaremos, porque vamos a exhumar el cuerpo. Estoy casi seguro, en cualquier caso, de que Koch no fue el único imprudente al que asesinaron.

Martins respondió:

—Es muy impactante.

—Sí.

—¿Y qué piensa hacer al respecto?

—No lo sé. Sería inútil pedirles favores a los rusos, y no cabe duda de que Lime se está ocultando en la zona rusa. Ya no podemos apelar a Kurtz, porque Harbin ha sido descubierto; tiene que haberlo sido, o no habrían montado la muerte y el funeral falsos.

—Pero ¿no es extraño que Koch no reconociera la cara del muerto desde la ventana?

—La ventana estaba muy alta, y es de suponer que habían magullado la cara antes de sacar el cadáver del coche.

Dijo pensativamente:

—Me gustaría poder hablar con él. La verdad, hay muchas cosas que no me puedo creer.

—Tal vez usted sea el único que pueda hacerlo. Pero es un riesgo, porque sabe demasiado.

—Todavía no puedo creerlo… Solo le vi la cara un momento —dijo—. ¿Qué tengo que hacer?

—Lime ya no abandonará la zona rusa. Tal vez por eso intentó que se llevaran a la chica. ¿Quizá porque está enamorado? ¿O porque no se siente seguro? No lo sé. Lo que sí sé es que usted sería el único capaz de convencerlo de que viniese hacia nosotros; o hacia ella, si él sigue considerándolo su amigo. Pero primero tiene que hablar con él. No se me ocurre cómo.

—Podría ir a ver a Kurtz. Tengo la dirección.

Le dije:

—Recuerde. Tal vez Lime no quiera dejarlo salir de la zona rusa una vez dentro, y ahí no puedo protegerlo.

—Quiero resolver este maldito asunto —dijo Martins—, pero me niego a ser un señuelo. Voy a ir a hablar con él. Nada más.

XIV

El domingo, una falsa paz descendió sobre Viena; el viento había amainado, y llevaba veinticuatro horas sin nevar. Por la mañana los tranvías iban llenos en dirección a Grinzing, donde se bebe vino joven, y a las pistas nevadas de las colinas cercanas. Al cruzar el canal por el puente militar temporal, Martins cobró conciencia de lo vacía que estaba la tarde: los jóvenes se habían marchado con sus trineos y esquíes, y a su alrededor se extendía el sueño posprandial de los mayores. Un cartel le advirtió que estaba entrando en la zona rusa, pero no había señales de ocupación. Se veían más soldados rusos en la Innere Stadt que allí.

No avisó de su visita a Kurtz adrede. Era mejor sorprenderlo que esperarse una recepción. Puso especial cuidado en llevar encima sus documentos, incluido un salvoconducto de las cuatro potencias que a primera vista lo autorizaba a circular libremente por las distintas zonas de Viena. Al otro lado del canal todo estaba inusualmente tranquilo, y un periodista melodramático habría pintado un cuadro de silencioso terror, pero la verdad se reducía a calles más anchas, mayor daño de metralla, menos gente y una tarde de domingo. No había nada que temer, pero, aun así, costaba no mirar por encima del hombro la enorme calle vacía donde todo el tiempo resonaban los propios pasos.

Le resultó fácil dar con el edificio de Kurtz. Cuando le tocó el timbre, este salió a abrir en persona, como si esperara visita.

—Ah —dijo Kurtz—, conque es usted, señor Martins. —Se pasó una mano por la nuca en señal de perplejidad. Martins, tras dudar de por qué lo veía tan distinto, cayó en la cuenta: Kurtz no llevaba el peluquín y, sin embargo, no era calvo. Tenía un cuero cabelludo perfectamente normal, aunque con el pelo cortado al rape. Dijo—: Habría sido mejor que me llamara por teléfono. Por poco no me encuentra; estaba por salir.

—¿Puedo pasar un momento?

—Por supuesto.

En el recibidor había un armario con la puerta abierta, y Martins vio el abrigo de Kurtz, su impermeable, un par de sombreros y, colgado mustiamente de un gancho, como un chal, el peluquín.

—Me alegro de ver que le ha crecido el pelo —le dijo y vio, en el espejo montado en la puerta del armario, la llama de odio y el rubor en la cara de Kurtz. Cuando se volvió, Kurtz le sonrió como un conspirador y le dijo sin más detalles:

—Mantiene la cabeza caliente.

—¿La cabeza de quién? —preguntó Martins, porque de pronto se le ocurrió que el peluquín pudo resultar muy útil el día del accidente—. No me haga caso —continuó enseguida, porque su visita no era a Kurtz—. Vengo a ver a Harry.

—¿Harry?

—Quiero hablar con él.

—¿Está usted loco?

—Tengo poco tiempo, así que supongamos que lo estoy. Tome nota de mi locura. Y si llega a ver a Harry, o a su fantasma, hágale saber que quiero hablarle. Un fantasma no le va a tener miedo a un hombre, ¿no? Seguro que es al revés. Estaré esperando en el Prater junto a la noria durante las próximas dos horas; si puede ponerse en contacto con los muertos, dese prisa. —Y añadió—: Recuerde que yo era amigo de Harry.

Kurtz no dijo nada, pero, lejos del recibidor, alguien se aclaró la garganta. Martins empujó una puerta; casi esperaba ver muertos resucitados, pero fue solo el doctor Winkler quien se levantó de una silla de la cocina, delante del horno, y le hizo una reverencia rígida con el ruidito de celuloide de la otra vez.

—Doctor Winkle —dijo Martins. El doctor Winkler parecía totalmente fuera de lugar en la cocina. Los restos de una comida improvisada ocupaban la mesa, y los platos sin lavar casaban muy mal con la pulcritud de su persona.

—Winkler —lo corrigió el doctor con pétrea paciencia.

Martins le dijo a Kurtz:

—Cuéntele al doctor de mi locura. A lo mejor puede darle un diagnóstico. Y no se olvide el lugar: junto a la gran noria. ¿O es que los fantasmas solo salen de noche?

Y se marchó de allí.

Esperó una hora dentro del recinto de la noria, caminando de un lado a otro para entrar en calor; el destrozado Prater, cuyos huesos asomaban toscamente entre la nieve, se hallaba casi desierto. En un puesto de comida vendían unas tortitas chatas como ruedas de carro, y los niños hacían cola con sus cupones. Algunas parejitas de enamorados subían juntas a un mismo coche de la noria y empezaban a girar lentamente sobre la ciudad, rodeadas de coches vacíos. Cuando el coche llegaba al punto más alto, la noria se detenía un par de minutos y, allá arriba, las caritas se apretaban contra el cristal. Martins se preguntaba quién iría a buscarlo. ¿Quedaba suficiente amistad en el interior de Harry para que acudiera solo, o vendría con un escuadrón de policía? Visto el asalto al apartamento de Anna Schmidt, era obvio que tenía cierta influencia. Y luego, cuando la manecilla del reloj pasó de la hora, Martins pensó: ¿Se lo habrá inventado todo mi mente? ¿Están exhumando ahora mismo el cuerpo de Harry en el Cementerio Central?

Alguien silbó en algún lugar detrás del puesto de tortitas, y Martins reconoció la tonada. ¿Era el miedo o el entusiasmo lo que le hacía palpitar el corazón, o solo los recuerdos que la tonada traía consigo? Porque la vida siempre se aceleraba cuando llegaba Harry, cuando llegaba igual que ahora, como si no hubiese pasado nada, como si no hubieran sepultado a nadie en una tumba ni hallado a ningún otro degollado en un sótano; cuando llegaba con actitud divertida, desdeñosa, con cara de «lo tomas o lo dejas», y por supuesto uno siempre lo tomaba.

—Harry.

—¿Qué tal, Rollo?

Sería un error imaginarse a Harry Lime como un canalla con clase. No lo era. La foto que tengo de él en su expediente es óptima: un fotógrafo callejero lo sorprendió con las piernas regordetas separadas, un poco cargado de hombros, con un vientre que ha recibido muy buena comida durante mucho tiempo, una expresión satisfecha de granuja y la manifiesta simpatía de quien da por sentado que su felicidad le alegrará el día a todo el mundo. Sin embargo, no cometió el error de tender una mano que quizá le rechazaran, sino que solo le dio un golpecito a Martins en el codo y dijo:

—¿Cómo va todo?

—Tenemos que hablar, Harry.

—Claro.

—Solos.

—No podríamos estar más solos que aquí.

Siempre había sabido cómo funcionaban algunas cosas, y en el destrozado parque de atracciones fue igual; le dio una propia a la encargada de la noria para que les dejara un coche exclusivo.

—Los amantes hacían esto en los viejos tiempos, pero ya no se lo pueden permitir, los desgraciados —comentó y, con lo que pareció una genuina conmiseración, se quedó mirando las siluetas menguantes del suelo por la ventana del coche que subía meciéndose.

Muy lentamente la ciudad se hundió a un lado; muy lentamente las grandes vigas transversales de la noria se levantaron al otro. Conforme se fue alejando la línea del horizonte, pudo verse el Danubio, y los pilares del Reichbrücke se recortaron contra las casas.

—Bueno —dijo Harry—, me alegro de verte, Rollo.

—Estuve en tu funeral.

—Fue muy inteligente de mi parte, ¿no?

—No tanto para Anna Schmidt, que también estuvo. Llorando.

—Es una buena chica —dijo Harry—. Le tengo mucho cariño.

—No le creí a la policía cuando me contaron lo tuyo.

Harry le contestó:

—De haber sabido lo que iba a pasar, no te habría pedido que vinieras, pero no era consciente de que tenía a la policía encima.

—¿Pensabas darme parte de las ganancias?

—Nunca te he dejado fuera de nada, viejo, todavía no.

Lime se quedó de espaldas a la puerta mientras el coche subía meciéndose y en eso le sonrió a Rollo Martins, que lo recordó en la misma actitud, en un rincón apartado del patio del colegio, diciendo: «He descubierto una manera de escaparnos por la noche. No hay ningún riesgo. Eres el único al que se lo estoy contando». Por primera vez Rollo Martins volvió la vista atrás sin admiración, mientras pensaba: Nunca ha madurado. Los diablos de Marlowe llevaban petardos atados a la cola; el mal era como Peter Pan: cargaba con el horrible y horripilante don de la eterna juventud.

Martins le dijo:

—¿Alguna vez has visitado a los niños en el hospital? ¿Has conocido a alguna de tus víctimas?

Harry echó una mirada al paisaje en miniatura de abajo y se alejó de la puerta.

—Nunca me siento completamente seguro en estos cacharros —dijo. Tanteó el panel de la puerta con la mano, como si temiera que fuese a abrirse y lanzarlo a aquel vacío lleno de vigas de hierro—. ¿Víctimas? —preguntó—. No te pongas melodramático, Rollo. Mira abajo —continuó, señalando a los que pululaban en la base de la noria como moscas negras—. ¿De verdad sentirías pena si alguno de esos puntitos dejara de moverse… para siempre? A ver, viejo, si te dijera que te doy veinte mil libras por cada uno que se detiene, ¿en serio me contestarías sin dudarlo que me guardara el dinero? ¿O te pondrías a calcular cuántos puntitos te alcanzan? Libres de impuesto sobre la renta, amigo mío. Libres de impuestos. —Esbozó su sonrisa infantil de conspirador—. Hoy en día es la única forma de ahorrar.

—¿No podías limitarte a los neumáticos?

—¿Como Cooler? No, siempre he sido ambicioso.

—Estás acabado. La policía lo sabe todo.

—Pero no me van a atrapar, Rollo, ya verás. Volveré a aparecer. Los buenos luchadores nunca se rinden.

El coche se detuvo con un balanceo en el punto más alto de la curva, y Harry le dio la espalda y se quedó mirando por la ventana. Martins pensó: un buen empujón y podría romper el cristal; y se imaginó el cuerpo cayendo y cayendo entre las riostras de hierro, un pedazo de carroña que acaba estampado contra el suelo entre las moscas. Le dijo:

—Sabrás que la policía planea desenterrar tu cuerpo. ¿A quién van a encontrar?

—A Harbin —respondió Harry simplemente. Se alejó de la ventana y dijo—: Mira el cielo.

El coche había llegado a lo más alto de la noria y colgaba inmóvil, mientras más allá de las vigas de hierro la mancha del ocaso veteaba un cielo de papel arrugado.

—¿Por qué los rusos intentaron llevarse a Anna Schmidt?

—Tenía documentos falsos, viejo.

—¿Y quién los alertó?

—El precio de vivir en esta zona, Rollo, es prestar servicio. Cada tanto tengo que darles un poquitín de información.

—Pensé que a lo mejor solo querías traerla aquí. ¿Por ser tu chica? ¿Porque la querías?

Harry sonrió.

—No tengo tanta influencia.

—¿Qué le habría pasado?

—Nada muy grave. La habrían mandado de vuelta a Hungría. No hay nada en su contra, la verdad. Tal vez un año en un campo de trabajo. Estaría infinitamente mejor en su propio país que a merced de la policía británica aquí.

—No les ha contado nada sobre ti.

—Es una buena chica —repitió Harry con orgullo y satisfacción.

—Te quiere.

—Bueno, se lo pasó en grande por un tiempo.

—Y yo la quiero a ella.

—No pasa nada, viejo. Trátala bien. Se lo merece. Y además me alegro. —Daba la impresión de que había arreglado las cosas de tal manera que todo el mundo estuviera satisfecho—. Y puedes ayudar a que mantenga el pico cerrado. No es que sepa nada importante.

—Lo que quisiera es tirarte por la ventana.

—Pero no lo harás, viejo. Nuestras peleas nunca duran mucho. ¿Te acuerdas de aquella gresca tremenda en Mónaco, cuando juramos que nunca volveríamos a vernos? Me fiaría de ti en cualquier parte, Rollo. Kurtz intentó convencerme de que no viniera, pero te conozco. Luego intentó convencerme de que, en fin, preparase un accidente. Me dijo que sería muy fácil hacerlo en este coche.

—Excepto que yo soy el más fuerte.

—Pero yo tengo el arma. ¿No irás a creer que una herida de bala se notaría después de que te estrellaras contra el suelo? —El coche reemprendió la marcha y fue descendiendo lentamente, hasta que las moscas eran duendecitos, eran seres humanos reconocibles—. Qué imbéciles somos, Rollo, hablando así. —Le dio la espalda y apoyó la cabeza contra el cristal. Un empujón…—. Dime una cosa, viejo: ¿cuánto ganas al año con los westerns?

—Mil.

—Menos impuestos. Yo saco treinta mil netos. Esa es la moda.

En estos tiempos, nadie piensa en términos de seres humanos, viejo. No lo hacen los Gobiernos, así que ¿por qué deberíamos hacerlo nosotros? Hablan del pueblo y del proletariado, y yo hablo de infelices. Es lo mismo. Ellos tienen sus planes quinquenales, y yo también.

—Antes eras católico.

—En fin, viejo, creer sigo creyendo. En Dios y el perdón y todo eso. Mis actos no perjudican el alma de nadie. Los muertos están más felices muertos. No extrañan mucho esta parte, los desgraciados —añadió con un extraño toque de genuina compasión, mientras el coche llegaba a la plataforma y los rostros de los condenados a víctimas, las caras endomingadas de los que aspiraban al placer escudriñaban el interior—. Te podría meter en el negocio. Me vendría bien. No me queda nadie en el centro de la ciudad.

—¿Y Cooler? ¿Y Winkler?

—No vayas a convertirte en policía, viejo. —Al salir del coche, Lime volvió a tocar a Martins en el codo—. Era broma: sé que no lo harás. ¿Tienes noticias del viejo Bracer?

—Me mandó una postal por Navidad.

—Qué tiempos aquellos, viejo. Qué tiempos aquellos. Tengo que dejarte aquí. Ya volveremos a vernos. Si estás en apuros, siempre puedes localizarme a través de Kurtz.

Se alejó y, girándose, agitó la mano que había tenido el tacto de no extender: fue como si todo el pasado se disipara en una nube. De repente Martins le gritó: «No te fíes de mí, Harry», pero la distancia era demasiado grande para que le llegaran las palabras.

XV

—Anna estaba en el teatro —me contó Martins—, en la matiné del domingo. Tuve que tragarme por segunda vez su horrible
comedia sobre un compositor maduro, una chica encaprichada y una esposa muy, pero muy comprensiva. Anna actuó mal;
no era buena actriz ni en sus mejores momentos. Después fui a
verla al camerino, pero me recibió muy molesta. Creo que todo
el tiempo pensaba que iba a insinuármele, y ella no quería saber nada del tema. Le conté que Harry estaba vivo; pensé que
se alegraría y que me reventaría verla alegrarse, pero se quedó
sentada frente al espejo, mientras el maquillaje se le corría a
causa de las lágrimas, y enseguida deseé que se hubiese alegrado. Estaba horrible y la quería. Entonces le conté cómo había
sido el encuentro con Harry, pero lo cierto es que no me prestó
atención, porque cuando terminé solo me dijo: «Ojalá estuviera
muerto». «Se lo merece», dije. «Quiero decir que así estaría a
salvo… de todo el mundo».

Le pregunté a Martins:

—¿Le mostró las fotografías que le di? ¿Las de los niños?

—Sí. Pensé: esta vez tiene que ser o todo o nada. Ella tiene que
sacarse a Harry de la cabeza. Coloqué las fotos entre los frascos
de maquillaje, donde quedaban bien a la vista, y le dije: «La policía
no puede detener a Harry si no consiguen que venga a esta zona,
y tenemos que ayudarlos».

»Dijo: «Pensé que era tu amigo». Y yo: «Lo *era*». Contestó: «Nunca te ayudaré a atrapar a Harry. No quiero volver a verlo, no quiero oír su voz. No quiero que me toque, pero no pienso mover un dedo para hacerle daño».

»Sentí rencor; no sé por qué, pues al fin y al cabo yo no había hecho nada por ella. Incluso Harry había hecho más por ella que yo. Le dije: «Lo sigues deseando», como si la acusara de un delito. Me contestó: «No, pero lo llevo dentro. Es un hecho; no era una amistad. En fin, cuando tengo un sueño sexual, él siempre es el hombre».

Azucé a Martins, que dudaba en seguir

—¿Y entonces?

—Ah, entonces me levanté y me fui. Ahora le toca a usted convencerme. ¿Qué quiere que haga?

—Conviene actuar rápido. Como sabe, el que estaba en el ataúd era Harbin, así que podemos detener a Winkler y Cooler sin esperar más. Por ahora Kurtz queda fuera de nuestro alcance, y con el conductor pasa lo mismo. Cursaremos una petición formal a los rusos para que nos dejen arrestar a Kurtz y también a Lime: es cuestión de mantener nuestros archivos en orden. Si lo usamos a usted como señuelo, el mensaje tiene que llegarle a Lime de inmediato, no después de que usted pase veinticuatro horas en esta zona. Según me lo imagino, lo hemos traído aquí para interrogarlo en cuanto ha vuelto al centro de la ciudad; entonces se ha enterado por mí de lo de Harbin; ha sumado dos más dos, y ahora sale a avisarle a Cooler. Dejaremos escapar a Cooler para atrapar a los peces gordos: no tenemos pruebas de que estuviera metido en el tráfico de penicilina. Irá corriendo al segundo distrito para alertar a Kurtz, y Lime sabrá que usted ha cumplido. Tres horas después usted le manda un mensaje diciéndole que lo persigue la policía y que necesita verlo.

—No vendrá.

—Yo no estoy tan seguro. Elegiremos el escondite con cuidado, donde él crea que el riesgo es mínimo. Vale la pena intentarlo. La idea de rescatarlo a usted le picará el orgullo y le hará gracia. Además, se aseguraría de que usted no hable.

Martins interpoló:

—Nunca me rescataba… En la escuela.

Era obvio que había estado revisando el pasado con cuidado y sacando conclusiones.

—No eran problemas tan serios como los de ahora y no había riesgo de que usted cantara.

—Le advertí a Harry que no se fiara de mí —dijo—, pero no me oyó.

—¿Está de acuerdo?

Acababa de devolverme las fotografías de los niños, que estaban sobre mi escritorio. Lo vi estudiarlas unos momentos.

—Sí —dijo—. Estoy de acuerdo.

XVI

Las primeras fases del plan salieron según lo previsto. Retrasamos el arresto de Winkler, que había vuelto del segundo distrito, hasta que Cooler recibiera la advertencia. Martins disfrutó de su breve encuentro con Cooler, que lo saludó sin vergüenza y con una dosis considerable de paternalismo.

—Caramba, señor Martins, qué gusto verlo. Siéntese. Me alegro de que todo saliera bien entre usted y el coronel Calloway. Un tipo muy recto, Calloway.

—No salió bien —dijo Martins.

—Espero que no me guarde rencor por haberle avisado que usted había visto a Koch; seguro que no. Lo que pensé fue lo siguiente: si era usted inocente, quedaría libre de inmediato; y si era culpable, en fin, el hecho de que me cayera bien no debía interponerse en el asunto. Un ciudadano tiene sus obligaciones.

—Como hacer una declaración falsa en una investigación.

Cooler contestó:

—Ah, de nuevo con esa historia. Me temo que me tiene inquina, señor Martins. Mírelo de la siguiente manera: usted, como ciudadano que le debe lealtad a…

—La policía ha desenterrado el cuerpo. Vienen por usted y por Winkler. Adviértaselo a Harry.

—No le entiendo.

—Me entiende perfectamente.

Y era obvio que lo hacía. Martins se marchó de golpe. Ya no soportaba aquella amable cara humanitaria.

Solo faltaba cebar la trampa. Tras estudiar el mapa del alcantarillado, concluí que un café que estuviera cerca de la entrada principal del gran canal, situada como todas las demás en un quiosco de anuncios, sería el mejor lugar para tentar a Lime. Le bastaría con subir a la calle, caminar cincuenta metros, llevarse a Martins y hundirse de nuevo en la oscuridad de las alcantarillas. Lime no tenía idea de que conocíamos ese método de evasión: con toda probabilidad sabía que una patrulla de la policía de las alcantarillas terminaba su ronda antes de medianoche y que la siguiente empezaba a las dos de la madrugada, así que a medianoche Martins se sentó en un gélido localcito, bien a la vista del quiosco, a tomar un café tras otro. Yo le había prestado un revólver; también hice que mis hombres se apostaran tan cerca del quiosco como fuese posible, y la policía de las alcantarillas estaba lista para cerrar las bocas de lluvia a la hora señalada y empezar a peinar los canales desde el borde de la ciudad hacia dentro. Pero, de ser posible, quería capturar a Lime antes de que volviera a meterse bajo tierra. Nos ahorraría problemas, y sería menos riesgoso para Martins. Así que, como queda dicho, ahí estaba Martins sentado en el café.

Se había levantado viento de nuevo, pero sin que nevase; soplaba helado desde el Danubio, y, delante del café, la nieve se agitaba en una placita con césped como la espuma en la cresta de las olas. En el local no había calefacción, y Martins se calentaba una mano por vez con la taza de su sucedáneo de café: innumerables tazas. Uno de mis hombres estaba con él ahí dentro, pero mandé que fuesen cambiando cerca de cada veinte minutos, irregularmente. Pasó más de una hora. Martins había perdido la esperanza hacía rato y también yo, apostado al lado de un teléfono a varias calles de distancia, con una patrulla de la policía del alcantarillado lista para entrar en acción si se hacía necesario. Teníamos mejor fortuna que Martins, abrigados como estábamos con botas altas hasta los muslos y chaquetones. Uno de los hombres llevaba sujeto al pecho un reflector que era más o menos la mitad de grande que el faro de un automóvil, y otro cargaba un par de candelas romanas. Sonó el teléfono. Era Martins; dijo:

—Estoy muerto de frío. Es la una y cuarto. ¿Tiene sentido que sigamos esperando?

—No debería telefonear. Quédese donde puedan verlo.

—Me he tomado siete tazas de este café inmundo. Se me revuelve el estómago.

—Lime no puede tardar mucho más si va a venir. No querrá cruzarse con la patrulla de las dos. Aguante un cuarto de hora más, pero aléjese del teléfono.

De pronto la voz de Martins dijo:

—Dios mío, ¡aquí viene! Está…

Pero entonces se cortó la comunicación. Le ordené a mi asistente:

—Dé la señal de que vigilen todas las bocas de lluvia. —Y a la policía de las alcantarillas—: Vamos abajo.

Ocurrió lo siguiente. Martins se estaba comunicando conmigo cuando Harry Lime entró en el café. Ignoro qué oyó este, si es

que oyó algo. Pero el solo hecho de ver a un hombre buscado por la policía y sin amigos en Viena hablando por teléfono sin duda bastó para alertarlo. Salió del café antes de que Martins siquiera colgara. Fue uno de los raros momentos en los que ninguno de mis hombres estaba presente. Uno de ellos acababa de irse y había otro fuera a punto de entrar. Harry Lime pasó a su lado en dirección al quiosco. Martins salió del café y vio a mi hombre. Si le hubiera avisado en ese momento, habría sido fácil disparar; pero supongo que quien huía por la calle no era Lime, el traficante de penicilina, sino Harry. Mientras Martins vacilaba, Lime pudo llegar al otro lado del quiosco; entonces Martins gritó: «Es él», pero Lime ya estaba bajo tierra.

Un mundo extraño, desconocido para la mayoría de nosotros, yace bajo nuestros pies: vivimos sobre una sucesión de cavernas con cascadas y arroyos caudalosos donde la corriente sube y baja como en el mundo de arriba. Quien haya leído las aventuras de Allan Quatermain y el relato de su viaje por el río subterráneo hacia la ciudad de Milosis podrá representarse la última batalla de Lime. El canal principal, ancho como la mitad del Támesis, corre bajo un enorme arco, alimentado por riachuelos tributarios: las aguas bajan desde niveles superiores en cascadas y se purifican en el proceso, de manera que solo en los canales laterales huele horrible. El arroyo principal tiene un olor dulzón y fresco, con un tufillo de ozono, y en los alrededores oscuros se oye el golpeteo y el correr del agua. Acababa de pasar la corriente alta cuando Martins y el policía llegaron al arroyo: primero la escalera de caracol de hierro, luego un pasillo corto y bajo que los obligó a agacharse, y al final el agua de la orilla mojándoles los pies. Mi hombre apuntó la linterna a la orilla y dijo: «Se ha ido por ahí». Así como la resaca de un río profundo se junta en los bajíos laterales, quedaban en las aguas estancadas junto a la pared cáscaras de naranja, cajetillas de cigarrillos y cosas así, y entre toda esa

basura Lime iba dejando un rastro tan inconfundible como si caminara en el lodo. El policía alumbraba la linterna hacia delante con la mano izquierda y llevaba el arma en la derecha. Le dijo a Martins:

—Quédese detrás, señor. Ese malnacido puede disparar.

—¿Y por qué diablos debería usted ponerse al frente?

—Es mi trabajo, señor.

Avanzaban con el agua hasta las rodillas; el policía apuntaba la linterna hacia abajo y adelante, sobre la basura removida en la orilla. Dijo:

—Lo cierto es que no tiene ninguna posibilidad. Las bocas de alcantarilla están todas vigiladas, y hemos bloqueado el camino hacia la zona rusa. A los nuestros solo les queda peinar el terreno por los pasajes laterales desde las salidas hacia dentro. —Se sacó un silbato del bolsillo y pitó, y muy a lo lejos, de un lado y del otro, se oyeron las notas de una respuesta. Dijo—: Ya están todos abajo. Me refiero a la policía de las alcantarillas. Conocen este lugar como yo conozco Tottennham Court Road. Ojalá mi madre pudiera verme —añadió, levantando la linterna un momento para apuntarla hacia adelante, y en ese momento sonó el disparo. La linterna salió volando de su mano y cayó en el arroyo. Dijo—: ¡Maldito cabrón!

—¿Está usted herido?

—Solo me ha rozado. Una semana de licencia. Tenga la otra linterna, señor, mientras me vendo la mano. No la encienda. Está en uno de los pasajes laterales.

Por un momento el ruido del disparo continuó reverberando: cuando el eco finalmente se extinguió, un silbato sonó más adelante, y el acompañante de Martins pitó el suyo en respuesta.

Martins dijo:

—Es raro: ni siquiera sé su nombre.

—Bates, señor. —Soltó una risa grave en la oscuridad—. Este no es mi terreno habitual. ¿Conoce el Horeshoe, señor?

—Sí.

—¿Y el Duke of Grafton?

—Sí.

—Bueno, en el mundo hace falta de todo.

—Déjeme ponerme delante. No creo que me dispare y quiero hablarle —respondió Martins.

—Tengo órdenes de protegerlo, señor. Cuidado.

—No se preocupe.

Rodeó a Bates poco a poco, y un pie se le hundió aún más en el arroyo. Una vez delante, gritó:

—¡Harry! —El nombre provocó un eco: «¡Harry! ¡Harry! ¡Harry!», que viajó arroyo abajo y despertó un coro de silbatos en la oscuridad. Volvió a gritar—: Harry. Sal de una vez. Es inútil.

Una voz sorprendentemente cercana los hizo pegarse a la pared.

—¿Eres tú, viejo? —dijo—. ¿Qué quieres que haga?

—Sal con las manos sobre la cabeza.

—No tengo linterna, viejo. No veo nada.

—Cuidado, señor —dijo Bates.

—Quédese contra la pared. A mí no me va a disparar —le contestó Martins. Luego gritó—: Harry, voy a encender la linterna. Juega limpio y sal. No tienes escapatoria. —Encendió la linterna y, a poco más de cinco metros, donde el haz de luz tocaba el agua, Harry dio un paso al frente—. Manos arriba, Harry.

Harry levantó las manos y disparó. La bala rebotó contra la pared a treinta centímetros de la cabeza de Martins, y se oyó gemir a Bates. En ese momento un reflector se encendió a unos veinte metros e iluminó todo el canal, recortando en el haz de luz a Harry, a Martins y los ojos fijos de Bates, caído al borde del agua con los residuos flotando en torno a su cintura. Una cajetilla de cigarrillos vacía se le quedó trabada en la axila. Mi patrulla había entrado en escena.

Martins se demoró sobre el cuerpo de Bates sin saber qué hacer, y Harry Lime quedó a medio camino entre él y nosotros. No podíamos disparar por miedo a herir a Martins, y la luz del reflector encandilaba a Lime. Avanzamos lentamente, con los revólveres listos ante cualquier oportunidad, y Lime se volvió para un lado y para otro, como un conejo cegado entre los faros de

un coche; entonces se arrojó de un salto a lo más profundo del torrentoso canal central. Cuando lo iluminamos con el reflector ya estaba sumergido, y la fuerza de la corriente se lo estaba llevando a toda prisa, más allá del cuerpo de Bates, fuera del alcance del reflector, hacia la oscuridad. ¿Qué hace que un hombre desesperado se aferre a la existencia unos pocos minutos más? ¿Es un atributo bueno o malo? No tengo la menor idea.

Martins se quedó en el borde exterior del haz de luz, mirando arroyo abajo. Tenía su revólver en la mano y era el único de nosotros que podía hacer fuego con seguridad. Creí ver un movimiento y le grité: «Ahí, ahí, ahí». Levantó el arma y disparó, tal como había disparado ante la misma orden años atrás en el parque de Brickworth; disparó, como aquella otra vez, sin precisión. Un grito de dolor desgarró el aire de la caverna como si fuese un trozo de percal: un reproche, una súplica. «Buen trabajo», grité y me detuve junto al cuerpo de Bates. Estaba muerto. Vimos sus ojos ciegos abiertos al enfocarlo con el reflector; alguien se agachó, desatascó la cajetilla y la arrojó al río, que se llevó aquel trozo amarillo de Gold Flake. Sin duda se encontraba muy lejos de Tottenham Court Road.

Cuando levanté la mirada, Martins había desaparecido en la oscuridad. Grité su nombre, pero se perdió en una confusión de ecos, en el barullo y el rumor del río subterráneo. Luego oí un tercer disparo.

Martins me contó después:

—Seguí caminando río abajo en busca de Harry, pero debí de pasarme en la oscuridad. No quería levantar la linterna para no tentarlo a dispararme de nuevo. Mi disparo debió de alcanzarlo justo en la entrada de un pasaje lateral. Supongo que se arrastró por ahí hasta el pie de la escalera de hierro. A diez metros sobre su cabeza estaba la boca de alcantarilla, pero no le quedaban fuerzas para levantarla, y aun si hubiera podido con ella la policía lo esperaba arriba. Debía de saberlo, pero estaba muy dolorido, y supongo que, así como un animal se mete en la oscuridad para morir, un hombre se dirige hacia la luz. Quiere morir en su hogar, y la oscuridad nunca es *nuestro* hogar. Se empeñó en subir las escaleras, pero pronto el dolor lo superó y ya no pudo seguir. ¿Qué lo hizo silbar ese absurdo pedazo de tonada que, como un tonto, yo creía que él mismo había escrito? ¿Intentaba llamar la atención, buscaba la compañía de un amigo, incluso la del amigo que lo había atrapado, o solo deliraba sin ningún propósito? En cualquier caso, oí el silbido y volví por la orilla del arroyo, busqué a tientas dónde terminaba la pared y me metí por el pasaje en el que estaba tirado. «Harry», dije, y el silbido paró justo encima de mi cabeza. Puse la mano en una barandilla de hierro y trepé. Seguía temiendo que me disparara. Y entonces, al subir solo tres peldaños, le pisé la mano sin querer, y ahí estaba. Lo iluminé con la linterna: no tenía el arma; debió de soltarla cuando lo alcanzó la bala. Por un momento pensé que estaba muerto, pero luego gimió de dolor. Dije: «Harry», y volvió los ojos con gran esfuerzo hacia mi cara. Se empeñaba en hablar, y me incliné a escucharlo. «Pedazo de idiota», dijo; nada más. No sé si se refería a sí mismo, en un acto de contrición, por inadecuado que fuese (era católico), o si lo decía por mí, y mis mil libras al año menos impuestos y mis imaginarios ladrones de ganado, un tipo que no podía siquiera matar a un conejo de un solo disparo. Luego empezó a gemir de nuevo. No lo soporté más y lo rematé de un tiro.

—Vamos a olvidarnos de esa parte —dije.

—Yo nunca podré —respondió Martins.

XVII

Esa noche empezó el deshielo, la nieve se derritió en toda Viena y las horribles ruinas salieron de nuevo a la luz: barras de acero que colgaban como estalactitas, y vigas oxidadas que atravesaban como huesos la aguanieve gris. Era mucho más sencillo enterrar a alguien que una semana antes, cuando se habían necesitado taladros eléctricos para romper el suelo helado. Hacía un tiempo casi tan cálido como un día de primavera cuando Harry Lime tuvo su segundo funeral. Me alegré de meterlo de nuevo bajo tierra, pero conseguirlo había acarreado la muerte de dos hombres. Los reunidos junto a la tumba éramos menos: Kurtz ya no estaba, como tampoco Winkler; solo la chica y Rollo Martins y yo. Y no se derramaron lágrimas.

Cuando acabó todo, la chica, sin decir ni una palabra a ninguno de los dos, se alejó por la larga avenida arbolada que llevaba a la entrada principal y a la parada de tranvías, pisoteando la nieve derretida. Le dije a Martins:

—Tengo un coche. ¿Quiere que lo lleve?

—No —dijo—. Tomaré el tranvía.

—Usted gana. Me ha hecho quedar como un idiota.

—No he ganado —dijo—. He perdido.

Lo vi irse tras la chica dando zancadas con sus piernas demasiado largas. Cuando la alcanzó, siguieron caminando juntos. Creo que no le dijo ni una palabra: era como el final de una

historia, aunque antes de que se perdieran de vista ella se le había colgado del brazo, lo que suele ser el comienzo de una historia. Martins disparaba mal y era un mal conocedor de la gente, pero tenía buena mano para los westerns (manejaba bien la tensión) y para las chicas (no sabría decir por qué). ¿Y Crabbin? Ah, Crabbin sigue discutiendo con el British Council por los gastos de Dexter. Dicen que no pueden tramitar al mismo tiempo pagos en Estocolmo y en Viena. Pobre Crabbin. Pobres de todos nosotros, pensándolo bien.

Título original en inglés: *The Third Man* | © 1950, del texto: Verdant Sárl |
© 2017, de las ilustraciones: Büchergilde Gutenberg Verlagsgesellschaft
mbH, Fráncfort del Meno, Viena y Zúrich | © 2025, de la traducción:
Martín Schifino | © 2025, de esta edición: Libros del Zorro Rojo |
Dirección editorial: Diana Hernández | Diseño y maquetación: Daniel
Tudelilla | Corrección: Camila Ramírez Cuervo | Todos los derechos
reservados | ISBN: 979-13-990401-0-4 | Depósito legal: B 12902-2025 |
Primera edición: septiembre de 2025 | Impreso en Navarra por GraphyCems

Con la colaboración de

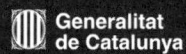

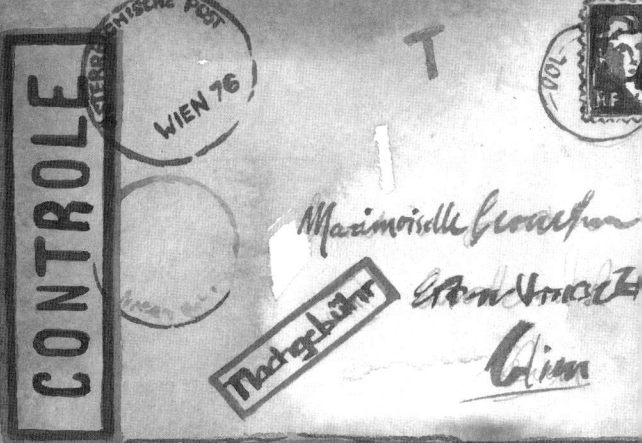
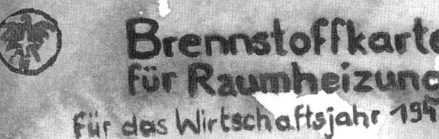